U0112240

叶兆言

叶兆言 著

万事翻覆
如浮云

浙江文艺出版社
Zhejiang Literature & Art Publishing House

图书在版编目（CIP）数据

叶兆言：万事翻覆如浮云 / 叶兆言著. —杭州：
浙江文艺出版社，2024.6
ISBN 978-7-5339-7533-3

Ⅰ.①叶… Ⅱ.①叶… Ⅲ.①散文集—中国—当
代 Ⅳ.①I267

中国国家版本馆CIP数据核字（2024）第054023号

统　　筹	王晓乐	封面设计	广　岛
责任编辑	邓东山　许龚燕	封面插画	Stano
责任校对	许红梅	营销编辑	张恩惠
责任印制	吴春娟	数字编辑	姜梦冉　诸婧琦

叶兆言：万事翻覆如浮云

叶兆言　著

出版发行	浙江文艺出版社
地　　址	杭州市环城北路177号
邮　　编	310006
电　　话	0571-85176953（总编办）
	0571-85152727（市场部）
制　　版	杭州天一图文制作有限公司
印　　刷	杭州丰源印刷有限公司
开　　本	880毫米×1230毫米　1/32
字　　数	144千字
印　　张	8.25
插　　页	2
版　　次	2024年6月第1版
印　　次	2024年6月第1次印刷
书　　号	ISBN 978-7-5339-7533-3
定　　价	39.80元

出版说明

　　自五四新文化运动以来，中国文学面目一新。在中西方文化的碰撞与融合中，小说、诗歌、戏剧等文学形式完成蜕变与新生，而散文以其自由自在的天性，踵事增华，其成果蔚为大观。

　　郁达夫认为，较之古代的"文"，现代中国散文有三点特异之处，即"'个人'的发见""内容范围的扩大""人性，社会性，与大自然的调和"（《中国新文学大系·散文二集·导言》）。散文家们兼收并蓄，将万事万物融于一心，"以我手写我口"，取径不同，或叙事、抒情、议论，或写人、描景、状物；风格各异，或蕴藉、洗练、飞扬，或磅礴、绮丽、缜密。就应用而言，以学识、阅历、心境为核心的小品文，以小见大，言近旨远，张扬个人性情；以观察、讽刺、同情为底色的杂文，见微知著，刚柔相济，召唤战斗精神……种种流派，非止一端。

　　为了给当代读者提供一套选目得当、编校精良的散文选本，我们推出"名家散文"系列，从灿若星辰的中国现代散文家中遴选出一批作者，精选其散文创作中的经典作品，结集成册，以飨读者，或可视作对百年现代中国散文的一次阶段性回顾与总结。我们相信，尽管这些作品产生的背景千差万别，但其呈现的智识与感性、追求与希冀，是跨越时空而能与读者共鸣的。我们也相信，经典之所以为经典，因其经得起时间的汰洗，这里的文章，初读，是迎面撞上万千世界，吉光片羽，亦足珍惜；再读，则是与无数智者的重逢，向内发现自己，向外发现众生。

文学的历史同时也是一部语言文字的历史，而汉语的标准化也随着时间的推移不断地演变、更新。五四白话文运动以来，文学语言流动而多变，呈现出丰富和复杂的样貌。文字、词汇、语法的繁芜丛杂背后，是思想文化的多元与活跃，也是作家不同审美取向和个人风格的展现。因此，我们在编辑过程中尽量尊重文章原刊或初版时的面貌，使读者能够感受到语言的时代特色，比如"的""地""底"共存的现象。同时，考虑到读者尤其是学生的阅读需求，我们按当下的规范做了有限度的修订。

编辑出版工作中难免存在不足之处，热忱欢迎广大读者批评指正。

浙江文艺出版社

目　录

旧式的情感

旧式的情感是人类的结晶，只有当它们真正失去时，我们才会感到它们的珍重。

文学少年

一九七四年，我十七岁，高中刚毕业，说懂事，什么都懂了，说不懂，真正明白的事实在太少。那是个知识被成群地赶进深山的年代，一切都被扭曲，一切都很荒唐。我是那个时代带着几分奇怪的标本，算是高中毕业，实际水平比初中生还差。我留过一级，又莫名其妙跳了一级，甚至还泡过将近一年的病假。读不读书上不上课都一样，我的字写得像小学生，像外国人写中文，错字别字连篇。高中毕业考试，数学考的是珠算，我们只学过加减乘，连除法都没来得及教。

我那时唯一值得自豪的，就是书看得多，相对而言的多。父亲是南京藏书状元，所藏的书绝大多数是翻译过来的外国小说。卖弄自己看过的外国小说，一向是我的嗜好。多少年来，我一向自以为是，觉得在阅读方面，没人吹牛吹得过我。我的父亲毕竟是藏书状元，强将手下无弱兵，父亲在他那一辈人中读书最多，我自然在我这一辈中也没什么对手。为了在吹牛时立于不败之地，我实实在在读了不少书。

因为祖父在北京，我经常有机会去，一去就住很长时间。北京这地方多少有些巴黎的沙龙气氛，即使在"文化大革命"后期这一特殊阶段也不例外。作为一个经常有机会接触沙龙的外省文学少年，北京老家对我在文学上的影响的确太重要了。我的堂哥三午长年累月的家歇病假，他的客厅永远有人高谈阔论、胡说八道。三午的客厅是当年北京一些诗人经常光顾的地方，都是些看上去神经兮兮的年轻人，没日没夜，高兴时来，尽兴则去。三午的客厅常常有人高声朗诵诗，有时候是诗人自己朗诵，有时则是由漂亮的女郎代劳。漂亮的女人多半是诗人的崇拜者，她们多才多艺，会唱会弹钢琴。

三午自己就是个很不错的诗人。我曾在他的客厅里朗诵过他的诗。他的诗免不了有些颓废，有些痛苦，当然也有些矫情。我所以在客厅卖弄他的诗，原因是三午在念自己的诗时大哭起来。事实是，我也是一边流眼泪一边朗诵。

在三午的客厅里，感动得哭起来一向是桩雅事，没什么可难为情。对于这样的场面，我已经太熟悉。常常有人写了一首好诗，大家喝彩，于是当场作曲，当场唱。一首根据三午的诗作曲的歌在北京的一小圈子里曾经很流行，诗如下：

> 不要碰落麦芒上
>   凝结的露
> 不要抹去睫毛上
>   颤抖的泪
>
> 露珠里映着
>   整个的太阳
> 泪滴上闪着
>   我们走过的路
>
> 脚在田野里迈
>   衣袖上全是露水
> 心在生活里滚
>   脉搏上全是泥和泪
>
> 露在深深花蕊

泪在层层心田

烈火枯竭泉源

　　烘不干露和泪

手捧起滴滴露珠

　　便成一道瀑布

心积起颗颗泪滴

　　那是无边的海

不要碰落麦芒上

　　凝结的露

不要抹去睫毛上

　　颤抖的泪

　　这诗写于一九七二年的十月十日。以今天的眼光看，诗当然算不了什么。文学从本质上来说就是历史，在历史的参照系数面前，我们说大话最好留些余地。关键是那么一种氛围与世隔绝、与世无关。当时是"四人帮"之类肆虐的年代，是文化的沙漠，是没有春天绿色的严冬。三午另一首诗似乎写得更好一些：

摸熟了块块斑驳的门牌

翻厌了张张糟杂的脸儿

从来到人世，我

就揣着一封无法投寄的信

羞愧　不安　焦急

憧憬　痛苦　渴望

从来到人世，我

就揣着一封无法投寄的信

　　这诗从没有变成铅字发表过。三午写了近百首诗，然而任何一本谈诗人的书上都不会见到他的名字。

　　一九七四年，我这个十七岁的外省文学少年，在三午的客厅里，开始了最初的文学梦想。沙龙的气氛自然使我向往成为诗人中一员。我加入了侃文学的清谈，指点江山，信口开河。这些诗人说到底也不过是一些文学青年，大家生活在浪漫的诗意中，悄悄地较着劲。和年轻狂妄的画家们相仿佛，都觉得自己行，都看不上别人。那一代诗人似乎都喜欢巴尔蒙特。他们都喜欢这句话："我来到这个世界上，只是为了看看太阳。"

　　三午的客厅里常常为了文学吵架。诗人最多，有作曲的，有唱歌的，有画画的，有摄影的，还有研究哲学的。有的显然是风流潇洒的公子哥儿，一脸的八旗子弟样；有的却像乞丐，衣衫褴褛，只差随地吐痰擤鼻涕。所有这些人都是野路子，是诗人的一定颓废，一定朦胧；画画的离不开个"怪"字，都喜欢留长发；言谈时，最喜欢用的一句话，就是"这哪是诗，这哪叫画"。

我毕竟只是个文学少年，除了多读过几本书之外，一无可夸耀卖弄之处。在烟雾缭绕的客厅里，我学会了说"这哪是诗，这哪叫画"。我做梦也不会想到若干年以后，自己会成为一个小说家，会跻身于混稿费的人群中。

三午是我们叶家第三代最有希望成为作家的一个人。他身上有着饱满的诗人气质，他写诗，看小说吹小说，发疯地喜欢西洋音乐。三午常说，他喜欢文学是因为受了我父亲的影响，他说起我父亲不该中途放弃写小说时甚至掉眼泪。我父亲早在二十岁前就写了一大堆短篇小说。不止一个人说过我祖父是中国的契诃夫，但是三午一向认为如果我父亲不停笔，真正成为契诃夫的该是他。我父亲把爱好文学的毛病传染给了三午，这毛病最终又到了我身上。朱自清先生曾夸奖我父亲少年时的文章写得"头头是道，历历如画"，说他的小说中有"他自己的健康的调皮和机智"。三午总是为我父亲抱屈，他老说："叔叔的小说太不合时宜。"

不合时宜的评价同样适合于三午，适合于他那一代过早来临又过早凋谢的年轻诗人们。父亲在和我谈起三午的遗诗时曾说过，时至今日，三午的诗歌完全可以发表。这的确也是实情。今日已是个诗人多如牛毛的时代，出版物泛滥，只要是诗，是那些分了行的短句子，混迹于刊物之上并非太难。可是三午的诗毕竟最适合于他曾经活着的那个时代，他的诗，包括他在内的那一代诗人，说到底，仍然是时代的产物。

我从来不认为三午的诗最好。即使当年我作为一个外省的文学少年，跟在三午背后亦步亦趋，志大才疏且又装腔作势，我也仍然不甘心做一个像他那样的诗人。我的偶像是另一位更年轻的诗人。他是那年头突然闪现出的新星中最灿烂夺目的一颗星，当年北京民间沙龙中几乎没有人不知道毛头的诗的。毛头要比三午年轻得多，他狂妄地出现在三午的客厅里，目空一切，孤芳自赏。

　　他以流浪汉的姿态睡倒
　　盖着当天的报纸，枕着黑面包
　　不在乎胡须上淌下的口水
　　也不在乎雀斑，在他脸上充满嘲笑

这幅艺术家的速写似乎更适合于毛头本人。

毛头是天生的艺术家。他会唱歌，正经学过西洋美声唱法。那时候，谁手头有一盘好的意大利歌剧磁带，谁就可以有幸在短时期内，做他最好的朋友。孤傲的毛头并不是和什么人都可以交朋友。我对毛头的身世并不太熟悉，只知道家境不错，人在白洋淀插队，并且知道他曾当过学习毛泽东思想积极分子。在我作为文学少年的那个年头里，父亲的书和三午的客厅，潜移默化地使我和文学结下了不解之缘，毛头的行为却直接为我提供了模仿学习的榜样。毛头似乎具备了一个完全与常人不同的大脑，他的诗永远让人感到新颖感到震惊。我那时虽然已经知道洛尔迦，知道阿赫玛托娃，知道普希金，知道马雅可夫斯基，知道勃留索夫，知道巴尔蒙特，但是活生生的毛头比任何一本书更能影响我。

毛头的诗实在太多，太多。他每年都为自己编一本诗集。他身上永远揣着笔，走到哪，想到哪，有时灵感来了，扯上一张纸片，唰唰记下，然后把纸片藏口袋里，继续海阔天空说大话。据说每年的十一月下旬，是他结集的痛苦时期。在这时期里，他把自己关在房间里，把写在乱七八糟纸片上的诗整理出来，绞尽脑汁，怨天怨地。就仿佛女人坐月子，他年年都得掉身肉，胡子拉碴，死去活来。大功告成，他开始神气十足，重新出现。

毛头的魅力在于他自身就是一首充满激情的诗。他对诗歌本身的迷恋，对文学的执着，只有"过分"这两个字才能形容。一九七六年的唐山大地震把北京人吓得不轻，到处有一种世界末日之感。毛头当时的行为最可笑，他拎着个旅行包，包里装满了他自己手抄的诗集，灰溜溜的像个流窜犯，非常狼狈形迹可疑地东躲西藏，面对大自然的威胁，别人不过是怕死而已，他在怕死的同时，更担心他的天才作品会毁灭。

和大多数文学少年一样，我最初的文学梦想，就是写诗，做个像毛头那样的诗人，生产太多太多的诗，满满一旅行包，拎着到处走。在三午的客厅里，我学着三午或毛头的口吻，堂而皇之地说着"这哪叫诗，这哪是小说"。既然我自认为毛头的诗最好，我便用毛头的诗来压别人的诗。像不像毛头的诗是我在相当一段时间内，判断好诗坏诗的唯一标准。

我学着毛头的样子开始写诗，疯疯癫癫，绝对形似。我在纸片上小本子上甚至书的空白处胡涂乱抹。十七岁那一年真值得我很好地回忆一番，我开始学着抽烟，偶尔也喝点酒，并且正经八百地开始幻想女人。我变得有些颓废，玩世不恭，我母亲因此对三午耿耿于怀，老觉得我是跟他学坏的。我的读书趣味也是在那时候开始发生变化，我从雨果的忠实信徒，突然变得与整个的十九世纪西欧文学格格不入。浪漫主义文学的作品尚未读完，我已经跳过了现实主义文学作品，一头栽进二十世纪西方现代派文学的皮毛之中。爱伦堡的《人·岁月·生活》，给予我无穷无尽的知识。当我回到南京，远离了北京的沙龙，我便在爱伦堡的回忆录中寻找刺激。我决心不顾一切地写诗，希望有一天能在三午的客厅里像毛头一样露脸。

诗人也许真是天生的。我很快就写了不少分了行的诗。这些诗丑陋得让人感到恶心。我学会了做作，学会了矫情，学会了把句子折腾得疙里疙瘩，就是写不出一句像样的好诗。在我的文学少年时代，令我最痛心的一桩事，就是发现自己事实上根本不可能成为一个好诗人。我经常一个人到野外去找诗，寻章摘句。在春天的草地上，我想着想着便睡着了。干别的什么事时，我的脑子里老在想诗，等到正正经经要写诗，我又肆无忌惮地开起小差。我像诗人一样地活着，神经兮兮，无病呻吟，和当时的时代绝对格格不入。我进了一家小工厂当工人，早出晚归，逃避一切政治学习，并且从来不看报。当时的那些出版物和我没任何关系，在我越来越意识到自己的诗写得实在不像话的时候，我便发誓，除了外国小说，我什么都不看。

几年以后，形势发生了重大变化，小说尤其是短篇小说开始变得时髦。我考上了大学，也跟着起哄写小说。最初的小说跟我最初的诗歌一样糟糕。有个人看了我的小说底稿以后，曾写信给我，说我的小说不行，但是很有写诗的潜力。他夸奖我有良好的感觉，大可以在诗坛上闯一闯。他的客气话使我绝望了很长时间。如果我的小说感觉还不如诗，要走文学这条道路，还不如去寻死。我已经清楚地知道自己的诗歌不可救药，而我的的确确又正在明白，我的小说实在不怎么样。时至今日，我的小说仍然没真正写好过，重温旧作，羞愧难当，苦不堪言。十年来，我能坚持不懈地写小说，和退稿做斗争，本身就是桩了不得的奇迹。也许是为了赌气，当然也是因为自己另觅新欢以后，太喜欢小说这玩意，我总算没有像写诗那样半途而废。

十六年前，有一个文学少年幻想着将来会是个惊世骇俗的诗人。和大多数美好的理想注定要破产一样，我的诗人梦遥远得仿佛是别人的故事。我并不后悔自己销毁了那些惨不忍睹的诗稿。时光不会倒流，艺术永无止境，过去的一切都化为亲切回忆。我怀念三午，忘不了毛头，多少次旧梦重温，老毛病再犯。十六年前的文学少年一去不返，隔着时间的长河，我向那个已经死去的已经虚无缥缈的我招手致意。海枯石烂，这毕竟是一个不能忘怀也无法忘怀的我。我看着我，脉脉含情，顾影自怜。我们曾经是个整体，我们永远是个整体。

　　我们彼此的思念
　　仍在无声地前进
　　就像雪橇
　　在伤口上继续滑行

文学青年

　　我写第一篇小说是上大学一年级的时候，写作的原因完全是受了作家方之的诱惑。方之是我父亲的挚友，那时候刚从下放的农村调回南京，房子尚未落实，整天泡在我们家聊天。聊得最多的是他一再声称要写的小说，就那么几个故事，反复说，一直说到别人厌烦为止。除此之外，他老是想不通地质问我为什么不写小说。随便和他说着什么，他动不动就眼睛一瞪，非常严肃地说："这完全可以写一篇小说，写下来，你把它写下来。"

　　于是我就试着写一篇小说。当然刚开始只是用嘴写，我告诉方之，自己打算如何如何，开局怎样，结局又怎样。方之总是点头称好，说他正在筹备一个专为青年作者提供机会的文学刊物，我的小说写出来以后，可以在那上面发表。

我那时候对发表小说的兴趣并不大，也许是自己书见得太多了，我从小生活在书的世界里，家里到处都是书，总觉得一个人有几个铅字印出来，实在算不了什么。使我入迷的是那些世界级的外国作家，人人都写了一大堆作品，和他们相比，中国作家简直就不能算是作家。方之一有机会就问我小说写得怎么样了，我便一次次敷衍他，说："就写，就写。"

一直到方之筹备的文学刊物创刊，我许诺要写的小说仍然没有一个字。这个刊物就是后来一度大红大紫的《青春》。创刊号上的头条小说是李潮的《智力测验》。李潮是与我从小一起长大的好朋友，看了他的小说，我不免有些羡慕，也有些嫉妒，于是正经八百地开始写那篇在嘴上念叨了无数遍的小说。

我写的这篇小说名字叫《凶手》，开头的场面颇有些传奇色彩，一个杀了花花公子的青年人，在一个风雨交加电闪雷鸣之夜，背着铺盖敲开了派出所的大门，向正在值班的警察投案自首。接下去便是倒叙，以凶手的口吻，叙述一场凶杀的全过程。小说的结尾也很有戏剧性，凶手忍无可忍，接过匕首，为民除害，开膛破肚，把仗势欺人的花花公子杀了。

这是一篇非常拙劣的短篇小说。写到一半的时候，方之便从我手上抢过纸片，一段一段地看，一边看，一边笑。那时候正是右派平反不久，我父亲、方之、高晓声、陆文夫、梅汝恺几位为同一桩事被打成右派的难兄难弟，常常有机会聚一起喝酒谈文学。方之最不善饮，几口酒下肚，把我正在写的小说当笑话，讲给大家听。大家都觉得方之是在为我的事瞎起劲，明摆着，当时我写的这种小说绝对不可能发表。伤痕文学虽然正走红，但因为描写了阴暗面屡遭非议，我的小说比伤痕文学走得更远，因此父执们都觉得方之太书呆子气。

小说终于写完，方之也承认这小说的确难发表。有一次，方之组织了一次座谈会，谈当时得全国奖的短篇小说，议题是说坏不说好，大家不妨横挑鼻子竖挑眼，谈谈这些得奖小说的不足。别人发言的时候，方之把我的小说又细细读了一遍，会一散，他拉住高晓声，说："兆言这篇小说，我们帮他加工一下，说不定还真能用。把高干子弟改了怎么样？"我已经记不清高晓声当时说了句什么，反正他当时很不以为然，笑着，看着似乎还有些孩子气的方之。方之让他看得有些不好意思，说："老高，怎么啦？"

我的小说最终没有发表。尽管有方之为我力荐，不止一位编辑说这小说不错，但是无一例外都是在终审的时候被淘汰下来。多年以后，安徽的一位老编辑写信给我父亲，仍然为我的小说发不出来耿耿于怀。小说的原稿早不知到哪儿去了，有一段时间内，我手上积了近三十万字的手稿发表不了。我和退稿笺结下了不解之缘，铅印的或者编辑手写的不关痛痒的三言两语，常常让我羞愧难当，恨不得将手头正在写的稿子扔掉。有几篇稿子在寄来寄去的途中遗失了，有的却是编辑部懒得退稿，时间长了，写信去讨，连回信都没有。我至今也不明白我的第一篇小说到哪去了，反正也不是一篇好小说，我根本谈不上心疼。让我念念不忘的，是已故的方之当年对我的诱惑，没有他，我根本不会写我的第一篇小说。

我发表的第一篇小说，刊登在我们自己办的油印刊物上。那是一本地地道道的民间刊物。发起人，都是一班从小就认识的朋友。我们的刊物叫《人间》，在当时很有些影响。人间社刚开始分两班人马：一批是写文字的，如顾小虎、李潮、徐乃建、黄丹旋、吴倩；另一批是画画的，如刘丹、朱新建、丁方、高欢、汤国。这批人在七十年代末，很有些新潮人物的味道。有些人已经饮誉当时的文坛，如顾小虎，他是顾尔镡的公子，他发表在《上海文学》上的一篇评论文章，反响很大。李潮和徐乃建是八十年代初期十分走红的两位青年作家。黄丹旋和吴倩都去了美国，依然在写，听说已得了好几个台湾和海外华语报的文学奖。画画的混得也不差，刘丹早就去美国淘金，他的妻子便是那位大名鼎鼎的"洋贵妃"魏莉莎。朱新建是这几年风行画坛的新文人画的开创者，他属于半仙，法国和比利时都去过一阵，喜欢的女人也多，喜欢他的女人更多。其他几位自然也不弱，各人有各人的成就，各人有各人的福分。

刚开始办《人间》的时候，"四人帮"粉碎不久，"左"的思潮很猖狂，动不动就有人跳出来扣帽子。很多人好心地要我们吸取父辈当年办《探求者》的教训。然而我们根本不肯听劝，一个个仿佛中了邪，别人越说越来劲。

《人间》结果只办了一期。办刊物实在不是桩容易事，我们那时候个个囊中羞涩，而且都缺乏动手的能力。刻钢板天经地义是由画家们承担了，对于这些未来的大画家来说，刻钢板自然有些委屈了他们。办油印刊物，画家们除了刻钢板，刻那些线条最简单的插图，没任何用武之地。此外，要去买纸，买油墨和订书机，乱七八糟的事多得不堪设想。

刊物办不下去最主要的原因是没稿子。当时作为两大主力的李潮和徐乃建，都因为外面约稿太多，自己写的小说在不在《人间》上发表无所谓。民间刊物的宗旨说穿了很简单，主要是为了发表那些公开出版的刊物上发表不了的东西，一旦大家的发表渠道畅通，民间刊物的气数就到了头。那时候民间刊物又叫地下刊物，和今天的黄色刊物不同，当年我们的刊物很有些艺术追求，发表的小说水平应该说在许多公开发表的小说之上。

我们办的唯一的一期《人间》上，刊登了四篇小说，除了我的一篇，其他三篇都是女作家的。《人间》的几位女将特别能折腾，到哪儿去都特别热闹，南京的文坛因为有了这几位女将，很长一段时间内，都显得阴盛阳衰。

我发表在《人间》上的那篇小说叫《傅浩之死》。虽然是油印的，这毕竟是我发表的第一篇作品。小说的情节今天看来实在不值一提，写一个书呆子兮兮的人物，在"文化大革命"中，因为喝酒说了一些不该说的话，被别人向造反派告了密，酒醒以后，吓得半死，于是决定自杀，他跑到了一座悬崖边上，在跳崖之前，把赶来的造反派痛痛快快地骂了一顿，越骂越痛快，结果有人从悬崖后面爬了上去一把抱住了他，他没死成，然而因为积累在心头的怨恨已发泄了，竟然不想死了，决定好好地活下去。这篇小说后来因为朋友的帮忙，发表在安徽的《采石》上。

办《人间》的时期是我文学活动中的一个重要时期，正是在这一时期，我的兴趣开始转到了小说上。在这之前我觉得写小说很容易，在这之后，我因为连续不断的退稿，越退稿越赌气。我认定了一个死理，就是别人小说能写好，自己就一定能写好。况且我常常感到别人的小说事实上写得很不好。从《人间》时期开始，我正式把写小说当回事。

我非常怀念《人间》时期，一本印得很糟糕的《人间》，记录了我的文学青年时代。那是一个躁动的不安分的时代，充满了生气和活力。

我真正变成铅字的第一篇小说，应该是发表在一九八〇年第十期《雨花》上的《无题》。那年暑假，我的创作热情高涨，除了骑自行车几百公里去和女朋友相会之外，我一口气写了八个短篇。《无题》便是其中一篇，只花了一天的时间。写完以后，父亲看了觉得不错，当时《雨花》正准备发一期江苏青年作家专号，父亲说可以把这篇小说交给当时正负责编专号的高晓声，但是字写得太潦草了，最好重抄一遍。我脑子里酝酿的另一篇小说已经成熟，因此也懒得再抄，结果是父亲为我誊写了一遍。在父亲还没来得及誊写完之际，我的另一篇小说《舅舅村上的陈世美》又写好了。

《舅舅村上的陈世美》发表在一九八〇年《青春》的第十期上。这一期的《青春》是处女作专号，虽然是和《无题》同时问世，却因为在此之前我未曾有过铅字，因此大胆老脸地打了处女作的招牌。没有多少人知道我一下子发了两篇小说,这最初的两篇小说,我竟然斗胆用了两个名字,一个是真名,另一个却是笔名。我那时候对自己有一种莫名其妙的自信,从一九八〇年十月到一九八一年三月,不到半年的工夫,我发表了五篇小说,用了三个笔名。我自我感觉良好地认为,在未来的日子里,将有好几个都是属于我的名字在文坛上大红大紫。人们将惊喜地发现,原来谁谁谁,谁谁谁,还有谁谁谁,都是我。

我将《无题》寄给了祖父,祖父让我的堂哥给他念,念完了,祖父写信给我,说这篇小说写得不错,说出了一点意思。《舅舅村上的陈世美》我觉得写得不好,因此就没往北京寄。事实上,《无题》在读者中反响极小,而《舅舅村上的陈世美》倒使我收到了好几封热心的读者来信。记得有一封是一个农村的女孩子写来的,写得很动情,她把我当成了小说的主人公,对我的遭遇深表怜悯,而且乐意当我的小妹妹。

我的第一篇真正有影响的小说,是五年以后发表的《悬挂的绿苹果》。我的感觉良好短暂得不可思议。发了最初的五篇短篇小说以后,连续五年,我一篇小说也发表不了。

退稿实在是一种磨难和不幸。我的信心打了很大的折扣，在频频被退稿的日子里，我总有一种自己犯了错误的恐慌。写小说对于我来说，逐渐变成了一桩赌气的事，我把所有的退稿收集在一起，挑一个好日子，统统寄出去，然后带着惆怅的心情，愁眉苦脸地等待小说鸽子似的一个接一个飞回来。再寄出去，再飞回来，如此不断循环，周而复始。时来运转的美梦做多了，我对写作的前景如何已无所谓。退稿退多了，我一赌气，干脆就把稿子放在抽屉里。

写《悬挂的绿苹果》，正是准备硕士论文期间。这一年也是我可爱的女儿出世的年头，该花钱时偏偏手头拮据，人穷志短，我不得不托朋友把这篇小说转到《钟山》编辑部。一年以后，小说竟然在一个不起眼的位置上发表了，我赶快用那笔稿酬买了一个小电冰箱。想不到我这篇小说会得到当时南北两位很红的青年小说家的称赞。南方的是王安忆，她写了一封热情洋溢的信给编辑部，大大地夸奖了我一番。北方的是阿城，我的小说发表一年以后，电影厂的一位导演写信给我，说是他去拜访阿城，阿城说我那篇小说是那一年度发表的最好的小说。这究竟是不是阿城的原话我很怀疑，不过阿城确实不止在一个人面前表扬过我。他去美国以后，写信给我的朋友时，还提起我，说我真是个写小说的人。

我很难用笔墨表达对这两位作家朋友的感激，尤其对阿城。虽然都活在这个地球上，至今也没机会见上一面。走红的作家有时一言九鼎，王安忆和阿城对我的赞许起了非常了不起的广告作用，终于有编辑找我组稿来了，来了便摆谱，便侃：阿城怎么说怎么说，王安忆又怎么说怎么说。

时过境迁，人生无常。如今稿债累累，常常听好话，参加笔会游山玩水，想起自己过去的遭遇，免不了有一种小人得志的感伤。小说的艺术本来是无止境的，我清楚地知道自己的小说并不像想象中那么好。《悬挂的绿苹果》给我带来了好运气，仅仅是凭这一点，我就应该感谢这篇小说，当然更感谢那些热情关心我的朋友，没有他们，我也许至今仍然一事无成。

纪　念

一

　　我对父亲的最初印象，是他将我扛在肩上，往幼儿园送。我从小是个胆小内向的孩子，记得自己总是拼命哭，拼命哭，不肯去幼儿园。每当走到那条熟悉的胡同口时，我便有一种世界末日来临的恐惧。父亲将我扛肩上兜圈子，他给我买了冰棍，东走西转，仿佛进行一项很有趣的游戏，不知不觉地绕到了幼儿园门口。等到我哇哇大哭之际，他已冲锋似的闯进幼儿园，将我往老师手里一抛，掉头仓皇而去。

　　我在十岁的时候，从造反派那里知道自己是一个被领养的小孩。时至今日，我仍然不知道自己的亲生父母是怎么一回事。我只知道我的血管里流着的，是一个普通的平民的血。显然从一开始，我就是一个多余的产物。很多好心人都以为我所以能写作，仅仅因为遗传的因素。有的人甚至写评论文章说我身上有一种贵族气质。溢美也好，误会也好，不管怎么说，我能够在文坛上成名，多多少少沾了我祖父和父亲的光。我的祖父和父亲，不仅文章写得好，更重要的是他们有非常好的人品。他们的人格力量为我在被读者接受前扫清了不少障碍。我受惠于祖父和父亲的教育与影响这一点不容置疑。

父亲不止一次说过，觉得我这个儿子和亲生的没什么两样。父亲知道这是我们之间一个永恒的遗憾。事实上，多少年来，无论是父亲，还是我的祖父，都对我非常疼爱。这是一个敏感的话题，常常有人利用这个话题，而父亲从不利用我是领养的这个事实来伤害我。

我偶尔从一张小照片上知道自己本来姓郑，叫郑生南。照片上的我最多只有一岁。我想这个名字只是说明我出生在南京。

我很小就开始识字了。在识方块字这一点上，我似乎有些早熟。父亲属于那种永远有童心的人，做了一张张的小卡片，然后在上面写了端端正正的字让我认。那时候他刚从农村劳动改造回来，和他的好朋友方之一起写歌颂"大跃进"的剧本。写这样的剧本究竟会不会有乐趣，我现在实在想象不出，我只记得父亲和方之常常为教我识字，像小孩子一样哈哈大笑。父亲和方之在一九五七年，为同一件事打成了右派，他们内心深处自然有常人所不能体会到的痛苦，但是他们留在我童年记忆中的哈哈大笑，比他们教我认了什么字，印象深刻得多。

我记得父亲和方之老是没完没了地抽香烟。屋子里烟雾腾腾，两个人愁眉苦脸坐在那儿。他们属于那种典型的热爱写作的五十年代的书呆子。我小时候是一个公认的很乖巧的小孩，他们坐那绞尽脑汁动脑筋，我便一声不响坐在他们身后，很有耐心地等他们休息时教我识字。除了害怕上幼儿园，我从来没有哭闹过。我永远是一个害怕陌生喜欢寂寞的小孩。

我小时候做过的最早的游戏，就是到书橱前去寻找我已经认识的字。祖父留给父亲的高大的书橱，把一面墙堵得严严实实。这面由书砌成的墙，成了我童年时代最先面对的世界。父亲和方之绞尽脑汁地写他们的剧本，我孤零零拿着手上的卡片，踮起脚站在书橱前，认认真真核对着。厚厚的书脊上的书名像谜语一样吸引住了我，就像正在写的剧本的细节缠绕住了父亲和方之一样。

那时候我大概才三岁，有一次大约是发高烧，我在书橱前站了一会，不知怎么又回到了小凳子上坐了下来。我经常就这么老实地坐在那，因此正在写剧本的父亲丝毫没有意识到我的异常。现在已经弄不清楚究竟是方之，还是我的父亲先发现我像螃蟹一样地吐起白沫来，反正我当时的样子把他们两个书呆子吓得够呛，他们手忙脚乱不知所措，慌了好一阵子，才想起来去找邻居帮忙。

二

父亲的童年一定很幸福。我读研究生的时候，有一年在杭州，计划去看望郁达夫的儿子郁云。由于某件事的打扰，结果只是我的几个师兄弟去了，他们见到了郁云，对其留下的最深刻的印象，就是他很有感慨地说自己没有像我父亲那样有一个温暖家庭。

父亲出生时，祖父在文坛上的地位已经奠定。父亲是祖父的小儿子，在他前面还有一个哥哥和一个姐姐。我从没听父亲讲过他小时候有什么不愉快。无论是父子关系母子关系，无论是兄弟关系还是姐弟关系，他每提到时，都能很自然地让别人感受到他童年所享受到的天伦之乐。我的伯母很早就进了叶家门，作为长嫂，她常常照顾父亲。

父亲一直把自己的嫂子当作大姐姐，伯母的名字中有一个"满"字，父亲一直很亲切地叫她满姐姐。

父亲显然得到了太多的溺爱。和哥哥姐姐比起来，父亲自己照顾自己的能力最差，我的姑姑常常开玩笑，说父亲小时候连皮球也不会拍，别人不会拍，一学就会，可他就是学不会。父亲甚至也不会削苹果，要是没人侍候，糊里糊涂洗了洗就连皮吃。

父亲的家庭永远充满了融融和和的空气。难怪郁达夫的儿子会羡慕，就连祖父的老朋友们，也不止一次在文章中流露出类似的意思。宋云彬先生就直截了当地说过："尤其使我艳羡不置的，是他的那个美满的家庭。"朱自清先生也说过："圣陶兄是我的老朋友。我佩服他和夫人能够让至善兄弟三人长成在爱的氛围里。"

伯父在他们兄弟三个合出的第一本集子《花萼》自序中，写到了这种爱的氛围：

> 今年一年间，我们兄弟三个对于写作练习非常热心。这因为父亲肯给我们修改，我们在旁边看他修改是一种愉快。
>
> 吃罢晚饭，碗筷收拾过了，植物油灯移到了桌子

的中央。父亲戴起老花眼镜，坐下来改我们的文章。我们各据桌子的一边，眼睛盯住了父亲手里的笔尖儿，你一句，我一句，互相指摘，争辩。有时候，让父亲指出可笑的谬误，我们就尽情地笑了起来。每改罢一段，父亲朗诵一遍，看语气是否顺适，我们就跟着他默诵。我们的原稿好像从乡间采回来的野花，蓬蓬松松的一大把，经过父亲的挑剔跟修剪，插在瓶子里才还像个样儿。

没有比这更合适更传神的文字，可以用来表达父亲少年时代的欢乐生活。出版《花萼》的时候，父亲刚刚十六岁。在祖父善意的鼓励下，在哥哥姐姐的影响下，父亲很早就表现出了在写作方面的特殊才能。父亲过世以后，伯父和姑姑从北京乘飞机赶来，参加父亲的遗体告别仪式。姑姑说，父亲从小就想当作家。她有点想不通的是，父亲多少年来始终把写作当回事。事实上他们那一辈的三个人当中，的确也只有父亲一个人把写作当作了自己的唯一职业。尽管伯父和姑姑也写了许多东西，有的文章写得非常好，但是写作只是他们业余生活的一部分。姑姑的专业是外语，伯父是出色的大编辑。和父亲不太一样，伯父和姑姑从来不硬写。他们很少写那些自己不愿意写的东西。

父亲少年时代写的文章，一直让我感到嫉妒。父亲那时候的文章充满了一种让人目瞪口呆的才气。我早逝的堂哥三午，是我们这一代中最有文学才华的一个人，他不止一次说："叔叔的文章真棒。"三午有一篇中学作文，就是讲自己如何抄袭父亲的作文，如何得到老师的好评，然后又如何意识到自己这么做不好。不少评论文章把祖父誉为中国的契诃夫，三午却独有见解地认为，如果不放弃自己的写作风格，也许真正成为中国的契诃夫的便是父亲。

宋云彬先生表扬父亲当年的文章："没有一篇文章是硬写出来的。"朱自清先生认为父亲那时候的文章，"有他自己的健康的顽皮和机智"，"虽是个小弟弟，又是个'书朋友'，他的观察力和记忆力却骎骎乎与大哥异曲同工"，"真乃头头是道，历历如画"。

高晓声叔叔是五十年代初认识我父亲的，那时候他还没开始写东西，他觉得自己很有幸能结识父亲，因为他曾听人说过，父亲早在十年前，就写出了一手漂亮的好文章。父亲和高晓声叔叔结识的那一年，刚二十五岁。

三

父亲似乎生来就像当作家的，也许是家庭环境造成，也许是命中注定适合写东西。多少年来，没有什么比作家梦更折磨父亲。

父亲常常说自己原来是个好学生，可是上中学以后，一迷上了外国小说，便没有心思再念书。上课时，再也不肯安心念书，偷偷地躲在下面看小说。有一次，父亲躲在那专心致志地读小说，老师绕到了父亲的背后，不声不响地看父亲在看什么书。同学们都以为老师会大发雷霆，谁知道老师突然很激动地对父亲说："喂，你看完了，借给我看看。"

父亲看的显然是一本当时文学青年爱看的书。老师也是一个可爱的书呆子，他没有责备父亲，却和父亲交上了朋友。交朋友当然有那么些功利目的，就是没完没了地跟父亲借书看。

没人知道父亲究竟看过多少书。书看得多，这是父亲一辈子引以为荣的事。文学创作上过早的成功和成熟，使人充满自信，父亲相信自己再也用不着走上大学的窄路。不仅不用上大学，甚至连安安分分把中学念完都不肯，父亲相信自己已经是一名作家了，觉得自己应该迫不及待地走上社会。

祖父尊重父亲的选择。

于是满脸稚气的父亲便进入开明书店当职员。

作家梦折磨着父亲。在开明书店这段时间，父亲写了不少东西。父亲想当作家，更想当一个大作家。从年龄上来说，父亲那时候还是个童心未泯的大孩子，顽固地相信自己唯有像高尔基那样，一头扎入到生活的海洋里，投身社会大学，"在清水里洗三次，在血水里泡三次，在碱水里煮三次"，才能成为一名真正的作家。

作家要"体验生活"这句名言还未风行的时候，父亲已开始身体力行实实在在地这么做了。内心躁动不安的父亲再也不愿意过平庸的日子，父亲显然成不了一个好职员。过早地参加工作走上社会，并不像事先想的那么有趣。于是浪子回头，父亲又考入了由熊佛西先生主办的上海戏剧专科学校，学习表演。上海戏剧专科学校是如今大名鼎鼎的上海戏剧学院的前身，这个学校培养了许多一流的演员，然而在培养我父亲上，却遭到了彻底的失败。父亲显然也不是一块当演员的料子。父亲演得最好的一个角色，只是舞台跑跑龙套的匪兵，父亲自我感觉演得很潇洒，把主角的戏都盖过了。

父亲很快厌倦了上表演课。也许熊佛西先生是祖父老朋友的缘故，他让缺课缺得有些不像话的父亲改读编导班。

可是父亲的兴趣投入到了"反饥饿，反内战"的学生运动中。为了当大作家，为了更好地体验生活，父亲放弃了自己良好的写作势头。像那个时代所有有理想的年轻人一样，父亲再不肯在课堂里坐下去。

编导班还没毕业，父亲又穿过封锁线，去了苏北解放区，参加革命。

有一段时期，父亲是又红又专的典型。

父亲参加了解放军对溃退的国民党部队的追击，参加了解放初期的历次政治运动。像父亲这样的书呆子，居然也会在腰间挎一支驳壳枪。土改中，父亲作词的《啥人养活啥人》一歌，风行大江南北。广大农民正是唱着这首歌，分田分房，控诉地主斗争恶霸。

这以后，父亲福星高照，官运亨通。到一九五六年春天，刚满三十岁的父亲已是文联党组成员，是创作委员会的副主任。父亲是当时文联机关最年轻有为的干部。这是父亲一生中涉足官场最得意的黄金阶段。

然而父亲仍然不是当官的料子。父亲的梦想永远是当一个作家，当一个能写出一大堆书来的大作家。父亲和当时几个有着同样理想的好朋友，想办一个稍稍能表现一点自我的文学刊物，这个刊物叫《探求者》。结果是大难当头，老天爷说变脸就变脸。父亲成了反党集团成员，成了臭名昭著的右派。在父亲的难兄难弟中，除了方之，还有高晓声、陆文夫、梅汝恺、陈椿年。所有这些江苏五十年代的文学精英，都因为"探求者"三个字吃尽苦头。父亲过世时，陆文夫叔叔就住在离我们家五分钟路的江苏饭店里，那天晚上他来吊唁，五分钟的路，昏昏沉沉走了足足半个小时才到。一进门，他就号啕大哭，半天也说不出一句话。

被打成右派，改变了父亲一生的形象。在这场厄运中，也许唯一欣慰的，是父亲有了几个荣辱与共的患难兄弟。

四

父亲从来就不是一个坚强的人。父亲的一生太顺利。突如其来的打击使父亲完全变了一个人。据父亲的老朋友顾尔镡伯伯说，刚刚三十出头的父亲，一头黑发，几个月下来，竟然生出了许多白发。父亲那时候的情景是，一边没完没了地写检讨和"互相揭发"，一边一根又一根地抽着烟，一根又一根地摘下自己的头发，然后又一根接一根地将头发凑在燃烧的烟头上。顾尔镡伯伯在纪念父亲的文章中认为，父亲就是在那特定的年代里，"由一个探求的狂士变成了一个逢人便笑呵呵点头弯腰的'阿弥陀佛'的老好人、好老人"。

年少气盛，青年得志，江山易改本性难移，可是经过一九五七年的反右，父亲的性格的的确确彻底变了。

父亲下放到了江宁县去劳动改造。时间不长，前后不过是一年多，然后被调回来和方之叔叔一起写剧本。

我的命运就是在这时候和父亲联系在一起的。我想我的出现，多少会给父亲带来一定的安慰。父亲一向觉得我是个听话的孩子。那毕竟是父亲一生中最心灰意懒的日子。父亲送我去幼儿园，父亲和方之叔叔一支接一支抽香烟，没完没了愁眉苦脸地改剧本，父亲教我识字，所有这些都是我最初的记忆。我没见过父亲年少气盛的样子，也想象不出父亲青年得志的腔调。在我最初的记忆中，父亲就是一个倒霉蛋。

在父亲调到《雨花》之前，我没见过父亲有过什么扬眉吐气的日子。那是在一九七九年的四月，父亲的冤案得到了平反。《探求者》的难兄难弟又聚到了一起，开怀痛饮。方之就是在这一年秋天过早去世的，父亲像孩子一样号啕大哭，这是我第一次看见父亲如此淋漓尽致地表达自己的感情。

我的印象中，父亲永远是低着头听人说话。一九五七年的反右会这么有力地摧垮一个人的意志，今天想起来，简直不可思议。人往往会变得比我们想象中的更可怜。父亲真正做到了夹起尾巴做人，小心翼翼地做任何事。

到了"文化大革命"，作为右派，父亲首当其冲是打击对象。在这场史无前例的浩劫中，常人所遭受到的苦头，父亲无一幸免。肉体上的痛苦用不着再说，父亲精神上所受到的折磨，真正罄笔难书。"文化大革命"彻底摧毁了父亲经过反右残存下来的那点可怜意志，诚惶诚恐认罪反省，不知所措交代忏悔，父亲似乎成了一个木头人，随别人怎么摆布。

我帮着父亲一起在街上卖过造反派油印的小报，也不止一次帮着父亲推板车去郊区送垃圾。父亲那时候只拿很少的生活费，卖小报算错账了要贴钱，还有人敲竹杠向他借钱，父亲一生中从来没像当时那么贫穷过，穷得自己必须精确地计算出一天只能抽几支廉价香烟。我清楚地记得父亲抽的是被誉为"同志加兄弟"的阿尔巴尼亚的香烟，只要一角七分一包，这也许是中国历史上最便宜的洋烟。

父亲成了当时剧团里最好的劳动力。挖防空洞，敲碎石子，打扫厕所，是脏活累活都能揽下来的一把好手。我们那时候在旁边的一家工厂里搭伙，父亲每顿都能吃六两米饭。

“文化大革命”，父亲记忆中最想忘记又最不能忘记的，是父亲在交代时，把枕头边的话也原封不动地交代了。这实在是一种过分的没必要的老实。为了父亲交代的这番话，母亲差一点被打成现行反革命。父亲为此内疚了一辈子，父亲的哲学从来是宁愿天下人负自己，自己不负天下人。自己吃点苦受点罪算不了什么，多大的委屈父亲都可以忍，父亲唯一不想做的，就是去伤害别人。

　　父亲干了足足二十年的职业编剧。先是在越剧团，后来在锡剧团。我至今不清楚父亲究竟写了多少个剧本。好像不止一个剧本得过奖。

　　父亲不止一次和别人合作写过剧本。和方之叔叔，和高晓声叔叔，还有其他别的什么人。写剧本是父亲的一种生活状态。我从懂事以后，印象中就是父亲永远在天不亮爬起来修改剧本。父亲永远是在修改，抄过来抄过去，桌上到处都是稿纸，烟灰缸里总是满满的烟屁股。

　　父亲和别人合作写剧本，常常把自己的名字写在别人后面。很多人都说这是父亲与人为善，不争名夺利。我的看法是，不争名夺利只是一个方面，另一方面，父亲对于这些和别人一起苦熬出来的剧本，谈不上太多的爱。父亲从没向我夸耀过自己的剧本写得怎么好怎么好，提起自己刚写的散文，提起自己少年时代写的小说，父亲常常流露出那种按捺不住的得意，可一提起写的那些剧本，父亲便显得有些沮丧。

一九七九年六月，父亲在《假如我是一个作家》的结尾部分，用一种很少属于自己的激扬文字大声宣布："要是我的作品里不能有我自己，就没有存在的价值。"这是一句发自于父亲肺腑的话。事实上，父亲对于那些没有他"自己"的文章，谁的名签在前面，甚至签不签名都无所谓。

职业编剧的生涯对于父亲来说，也许根本谈不上什么乐趣。写那些完全没有他"自己"的剧本，充其量只是混口饭吃吃。父亲不过是凭自己的一支笔当当枪手而已。父亲和方之打成右派劳改回来以后，合写剧本《江心》，写着写着，被领导发现了"问题"，惊魂未定，又吓得不知如何是好。为了保险起见，父亲和方之不得不请当时不是右派的顾尔镡伯伯来帮他们把关。即使是写歌颂社会主义的剧本，也好像走钢丝，稍不留神就会出大问题。

除了政治上的风险，写剧本最大的苦处，就是必须马不停蹄地按别人的旨意改。什么人都是父亲的上司，谁的意见不照着办都麻烦。每一层的领导都喜欢做指示，都觉得看了戏不说几句不行。碰到懂行的还好，碰到不懂的活该父亲倒霉。很长一段时间里流行集体创作，集体创作说穿了就是大家七嘴八舌瞎说一通，然后执笔的人去受罪。

我亲眼看见了作为执笔者的父亲所受的洋罪。虽然我现在也是一个作家，但是无论在我的童年，还是在少年，甚至上了大学以后，我都没想过自己要当作家。父亲的遭遇，使我很小就鄙视作家这一崇高的职业。各式各样的领导，局领导团领导包括工宣队军代表，各式各样的群众，跑龙套的拉二胡的什么事都不做的，只要有张嘴就可以对父亲发号施令。无数次下乡体验生活，无数次半夜三更爬起来照别人的旨意修改，父亲在没完没了"没有自己"的笔耕中，头发从花白到全白，越窝囊越没脾气，越没脾气越窝囊。

五

在首届金陵藏书状元的评选中，父亲被评为状元。评选活动很热闹，很轰轰烈烈，又是电视报道，又是电台转播。父亲很高兴地出现在电视屏幕上，乐呵呵地在电台的直播室里接受热心的听众电话采访。不止一家出版社要出藏书家辞典，许多人都来信称父亲已列入到了他们编的辞典中，父亲觉得很滑稽，自己无意之中，怎么竟然成了藏书家。

父亲喜爱藏书。书是父亲的命根子，精神寄托的安乐园，然而父亲绝对不是传统意义的藏书家。藏书家的头衔对父亲来说，只是一场误会。

父亲从来不藏什么善本书珍本书。父亲的书本身并不值钱。全是常见的铅字本，而且几乎都是小说，都是翻译的外国小说。父亲写过《四起三落》专谈自己的藏书，承认自己的藏书："无非为积习难改，无非为藏它起来。"

父亲的藏书始终围绕着作家梦转。很显然，父亲的藏书和自己各时期所喜欢的作家分不开。去苏北参加革命之前，父亲收藏的作品以欧美作家为最多。父亲曾是俄国和十九世纪的法国作家的忠实读者，又对同时代活着的作家纪德、斯坦贝克、海明威、萨洛扬、雷马克等兴趣浓烈。参加革命以后，父亲的藏书大大地增加了苏联文学的比例。

藏书只是实现父亲作家梦想的一部分。经历了一九五七年的反右以后，藏书作为父亲想当大作家的一种手段，逐渐退化成为收藏而收藏的目的。当作家的意志遭到了迎头痛击，父亲并不坚强也没办法坚强，藏书范围终于模糊不清大失水准，在孤寂的岁月里，父亲藏过小人书一样的外国电影连环画，近乎机械地买过各式各样的新鲜应时读物，买了为数不少的马列著作，各种版本的《毛选》，数不清的旧戏曲剧本和市面上最通俗流行的电影杂志。作家梦和藏书行为逐渐分离，藏书行为真正变成了一种习惯一种毛病。父亲的藏书是时代的讽刺，记录了一个莫大的悲剧。一个梦想着献身艺术、成为职业作家的年轻人，几经沧桑，结果只成了一个不断买书看的看客。父亲岂是当了个藏书状元就能心满意足的人。

多少年来，父亲一直为自己读的书多感到自豪。对于一个终生都做着当大作家梦的人来说，父亲的文学准备实在太充分。父亲对于文学始终有一种文学青年的热情。随和不好斗只是父亲的处世态度，然而在文学见解上，父亲的卓识和挑剔只有我这个做儿子的最清楚。父亲当了多年的《雨花》主编，事实上却很少过问刊物的事，不愿过问的理由除了精力不够，更难说出口的是因为见不到好稿子。父亲常常和我说谁谁谁的小说怎么写得这么差，又说谁谁谁应该这样写而不应该那样写，得奖小说常常是父亲抨击的对象，红得发紫的小说常常读了一半便扔掉。谁也不会想到老实窝囊的父亲在文学上会那么狂妄，那么执着和生气勃勃。

父亲是由文学名著熏陶出来的，因为读的书太多，脑子里已经有了太多的定了型的文学文本。形式和内容上有没有重复，有没有创新，这是父亲自己的、也是父亲一再教给我的判断作品好坏的直接标准。父亲对于文学有一双很毒的眼睛。时髦的伪劣产品很难躲过父亲的法眼。

我是父亲藏书的直接受益者。过去我曾很狂妄地自信在同一年龄段上，没人看的书能和我比。书是父亲的精神乐园，也是伴随我成长的食粮。天知道如果没有书，我们过去的岁月会是怎么样。"文化大革命"后期，被没收的藏书退还了，堆得满地都是，那时候我正上中学，有好几年一张小床就搭在书堆中。我狼吞虎咽地看书，经常性地看到深更半夜。

　　父亲刚开始不让我乱看书。也许父亲觉得自己是文学作品的受害者，不愿意儿子重蹈覆辙。父亲常常出其不意地出现在书房里，板着脸检查我是否在读文学名著。为了对付父亲，我不得不在大白天读可以看的书，在半夜里读文学名著。我曾是雨果最狂热的崇拜者，曾经整段整段地往本子上抄。雨果的作品在那寂寞的岁月里，不止一次让我泪如雨下。

　　那年头父亲已开始戴罪修改那种"三突出"的剧本。父亲的习惯是半夜三更爬起来写，而这时候正好是我开始放下书睡觉之际。等到父亲发现我的秘密，已经为时过晚。他住在楼上，半夜里实在修改不下去，下楼散步时才发现我房间的灯还亮着，我一边读一边哭泣的情景一定打动了父亲，父亲显然是不声不响地站在黑暗中看了许多次，才忍不住敲敲玻璃窗让我睡觉。

我永远忘不了自己偷看文学名著给父亲带来的烦恼。很长一段时期里，父亲老是为了我偷书看无可奈何地唉声叹气。父亲的一生为那些不想写而硬写的东西消耗了太多的青春，父亲最不想成为的一个事实，就是儿子也会在文学这棵老树上吊死。

父亲希望我成为一个和文学毫无关系的人。因为这个缘故，高考制度恢复后，父亲坚决反对我考文科。偏偏鬼使神差，又因为眼睛不好的缘故，我只能考文科。接到大学录取通知，父亲没有向我祝贺，甚至连一个笑也没给我，父亲只是苦着脸，很冷静地让我以后不要写东西。

六

我考上大学的第二年，父亲的冤案得到了平反。老朋友们出了一口恶气，又重新聚到了一起，高晓声、陆文夫、方之像文学新人一样在文坛上脱颖而出。父亲重新回到作家协会，立刻贼心不死，开始写那些"有自己"的文章，写自己曾经熟悉的散文和小说。

父亲没有像他的老朋友那样大红大紫。我想内心很狂妄的父亲嘴上没说什么，心里一定不会太好过。"有自己"的小说并不是那么轻易地就能在文坛上站住脚跟，尽管父亲遍体鳞伤，可惜他写不来"伤痕小说"。父亲显然不是那种争名夺利之辈，但是也许是过去的岁月里太寂寞的缘故，父亲对于自己新写出来的作品毫无反响感到不堪忍受。写作的人，对于自己暂时不能被人理解通常有三种态度，一是义无反顾地向前走，一是顺变改造自己的风格，一是干脆搁笔不写。父亲选择的往往是最后一种。事实上，粉碎"四人帮"这么多年，父亲真正动笔在写的日子并不多。

父亲的作家梦永远有些脱离实际。父亲想得太多，做得却又太少。在一个不能写不该写的时代，父亲始终在硬写，而在一个能写应该写的时代，父亲写得太少。在写作上不像自己的老朋友们那样勤奋，不能忍受一点点干扰，是父亲未能达到理想高度的重要原因之一。在过去的特定的时代里，由于大家都不能写，因此写与不写没什么区别，然而进入了新时期，大家都站在了同一起跑线上，写与不写，便有了完全不同的后果。

父亲病危期间，我一遍又一遍地想到父亲的写作生涯。让我感到吃惊的，是父亲自认为可以留下来的作品不到三十万字。这个数字真是太少了，因为其中还包括了父亲少年时代写的十多万字。一个作家真正能留下三十万字，并不算太少，可是面对父亲终生想当大作家的狂妄野心，面对父亲多少年来为了文学的含辛茹苦忍辱负重，三十万字又怎么能不说太少。父亲毕竟一辈子都在写，除了写作之外，父亲毕竟什么也没干好过。

成为一个好作家从来就不是件容易的事。父亲常常教导我，也常常这样教导那些向父亲请教的文学青年，他常常说思想的火花，如果不用文字固定下来，就永远是空的。想象中的好文章在没有落实成文字之前，也仍然等于零。父亲自然是意识到了不坐下来写的危险性。

父亲常常有意无意地躲避写作。不写作当然会有各种各样的原因。正如福克纳所说的那样："如果这个人是一流的作家，没有什么会损害到他写作。"父亲似乎永远处于一种准备大干一番的状态，不断地对我宣布要写什么和打算怎么写。我听父亲说过许多好的甚至可以说是非常好的设想。写作对父亲来说太神圣了，正因为神圣，父亲对于写作环境的要求，便有些过分苛刻。作家太把自己当回事也许并不是什么好事，并不是什么人都能理解写作神圣。作家永远或者说最多只能当个普通人。作家当不了高高在上为所欲为的皇帝。没多少人会把作家不写作的赌气放在眼里，不写作的受害者无疑还是作家自己。

对于一个太想写太想当大作家的人来说，放弃写作是一种自我虐杀。不写作的借口永远找得到，不写作的借口永远安慰不了想写而没写的受着煎熬的心灵。在这最后的十几年里，宝贵的可以用来写"有自己"的时间，像水一般在手指缝里淌走了。欢乐极兮哀情多，少壮几时兮奈老何。一九五七年的反右，"文化大革命"，修改那些几乎毫无价值的剧本，已经浪费了太多的时间。

也许只有我一个人能理解父亲想写却没写的痛苦。也许只有我一个人知道父亲所找的借口没一个站得住脚。过去的这些年里，作为《雨花》主编，无论行政或者稿件，事实上父亲都很少过问。主编只是一个优惠的虚衔，只是一种享受的待遇。至于编祖父文集这一浩大工程，事实上也是伯父一个人在编，祖父的文集已出至十一卷，父亲充其量不过浏览一遍三校样。祖父在八十多岁的时候，每天仍然伏案八九个小时。伯父更是工作狂，现在已经七十多岁，独自一个人能干几个人的工作。让人疑惑不解的是，为什么祖父和伯父的这种优秀品质，在父亲身上便见不到了。祖父和伯父都在写作之外，干了大量别的工作。

我丝毫没有在这里指责父亲的意思。我的眼泪老是情不自禁地要流出来。父亲已把他热爱写作的激情传给了我。我是父亲想写而没写出来的痛苦的见证人。事实上，在过去的这段时间里，我总是婉言地劝父亲注意身体，写不写无所谓。事实上，是父亲一遍遍和我说他要写什么，父亲永远像年轻人一样喜欢摆出要大干一番的样子。事实上，他不止一次开始写，又不止一次被不能称其为理由的理由中断。

我感到悲伤的是，既然不写作给父亲带来了那么大的痛苦，父亲为什么不能咬紧牙关坚持写下去。既然父亲对写作那么痴心一往情深，要写作的愿望那么强烈，为什么不能振作起来，勇敢地面对那些微不足道的干扰。

七

父亲的病来得十分突然。四年前，我的堂哥三午在一夜之间生急病去世。两年前，我姑姑的独生女儿宁宁莫名其妙地被确诊为癌症，而且已经到了无可救药的晚期。我从去年夏天开始，一直被一种怪病缠扰，是一种严重的神经方面的失常，我的血压的高压有时只有七十几，我对宴会恐惧，对人多恐惧，对任何敷衍恐惧，动不动就要吃镇静剂和救心丸，有一次甚至跌坐在上海车站的广场上爬不起来。

父亲病重之前，一直在为我的身体操心。父亲显然有一种很不祥的预感，那就是死亡的阴影正大步地向自己的下一代逼近。有时候遇上那种推托不掉的会议，那种根本不想作陪的宴请，父亲便悄悄走到我面前，看着我一阵阵变难看的脸色，关心地问我吃没吃药。有一次父亲注意到我的脸色太难看了，便和我一同中途退场。父亲逝世之后，伯父很有感叹地对我说，过去的一年里，父亲不断地给北京的家里写信，说我的身体情况怎么怎么不好，又说自己怎么怎么为我担心。

父亲为我担心这一点我完全相信。伯父在谈到祖父去世以后自己的心情时说，他感到最大的悲哀是失去了一个可以说话的人。我和父亲在一起有说不完的话，很多人都羡慕我们这种关系。多年父子成兄弟，我们在一起无话不谈什么都可以聊。我们在文学上有惊人的相似见解，我们互相为对方想写的东西出谋划策，我们互相鼓励也互相批评。父亲很喜欢我去年发表在《小说家》上的那篇《挽歌》，他认为那篇小说写得非常精彩，只是看了让人心里太难过。小说的主要情节是写一个老人哀悼心爱的早逝的儿子，这的确是我去年写得最满意的小说。我的身体正是在这篇小说写完后不久开始变坏的。

虽然因为历史的阴影，父亲最初的愿望是不让我当作家，可是这些年来，父亲常常流露出培养了一个作家儿子的得意。我创作上取得的点滴成功，都是父亲觉得作家应该怎么当的设想的证实。父亲为我提供了一个最好最有利的读书环境，为我树立了一个没必要争名夺利的楷模，父亲让我学会了如何面对寂寞，让我如何在作品中"有自己"，让我如何坚强有力地克服干扰。父亲的心路历程，成了我写作时的一面镜子，使我从一开始就明白当作家除了写作之外，别无出路。

父亲的病突然得让人没办法解释。本来只是想住进有着良好条件的高干病房，疗养一段时间。父亲好端端地带了一大包书，一叠稿纸，就像以往常有的情形那样，准备在病房里看书写稿子。

我去探视父亲的时候，父亲仍然像过去一样，跟我大谈等手头的这篇稿子结束以后，打算写什么和怎么写。两年前父亲有机会去泰国，当时他感到非常沮丧的，就是自己作为作家出访，竟然没一本个人的散文集。去年，我终于通过一个朋友的关系，为父亲找到了一个出集子的机会，父亲编完集子以后，吃惊地发现自己这些年来，并没有多少文字。父亲甚至都不敢相信，编一本十一万多字的小集子，仍然也要收不少自己少年时期的作品。

父亲去世的时候，只有六十六岁。父亲一直相信会和长寿的祖父一样，还有许多年可以活。在医院里，父亲和我谈到他想写的两大系列的文章，当然都是回忆录一类的，父亲想写他的少年，写他青年和糟糕的中年，想写他所熟悉的祖父的一些老朋友，写他自己的那些难兄难弟。父亲说着说着，会像孩子一样高兴地宣布："你看，我有多少文章可以写！"

然而父亲在医院里待了半个月以后，就开始有些变糊涂了。最初的诊断是脑萎缩和老年痴呆症。看着父亲突然越变越迟钝，变得像小孩子一样，我不知所措，想不明白为什么一下子会这样。

我不知道父亲是染上了病毒性脑炎。不止一次请好医生会诊，结论都是脑萎缩和老年痴呆症。我唯一能做的，就是顺着医生的思路考虑问题。许多人告诉我，老年痴呆症是一种折磨家属的慢性病。许多人都让我做好长期照顾病人的打算。事实上我的确做好了长期打算的准备。

我想父亲的思维不像过去那么敏捷已有一段日子。首先我发现父亲写的稿子已开始没有了旧时的光彩。近几年来，父亲对我的依赖越来越大，只要是动笔，事先总是和我讲他的思路，写作途中，不停地向我汇报字数进展，写完以后，不经我看过，一定不会寄出去。如果在几年前，若是鸡蛋里挑骨头，指出这儿或者那儿换一种说法似乎会更好些，弄不好就可能不高兴不愉快，因为父亲一向自视很高。可是这两年，我常常在父亲的稿子里挑出明显的错来，太明显了，明显得只要一提示，父亲就连声认错。

父亲对我的依赖到了可笑的地步，去参加一个会议，发言时说些什么这样的小问题，也要在事前和事后向我汇报。父亲的记忆力也开始坏得不像话，有些话已说过许多遍了，却又当着新鲜事兴致勃勃地告诉我。买什么书也要向我请教，事实上父亲已很长时间不怎么看书，好的书不好的书根本弄不清楚。有些书家里分明已经有了，可是却又买了一本回来。

我做梦也不会相信父亲是病毒性脑炎，既然对医学一无所知，当然只有坚决相信医生这条路。我不得不相信父亲的确是脑萎缩，的确得了老年痴呆症。父亲的病情迅速发展，他的智力水平很快降到了一个七八岁的小孩子程度，清醒一阵糊涂一阵，对于遥远的事，依稀还记得一二，对于眼前的事，刚说过就忘得一干二净。

父亲在最后的日子里，除了偶尔还继续他的作家梦，就是反复地想到老朋友高晓声和陆文夫，一提到高晓声叔叔就哈哈大笑，一提到陆文夫叔叔就号啕大哭。很显然，父亲已失去了基本的理智，眼神常常发呆，哭和笑都让人捉摸不透。我不得不向来探望的人打招呼，让他们千万不要提到高叔叔陆叔叔。来看望父亲的老朋友实在太多，有的在短短的几天里，连着来。父亲的为人众口交誉，大家都不肯相信大限的日子已经到了。

父亲的大小便开始失禁，父亲开始嗜睡，开始浅昏迷，开始整个失去知觉的深昏迷，病情发展之快，让人吃惊得目瞪口呆，伯父百忙中从北京赶来，陆叔叔从苏州赶来，好友亲朋纷纷赶来。

父亲的忌日是九月二十三日。这一天是省"文代会"报到的日子，各地代表风尘仆仆来了。父亲咽气以后，天色忽然大变，下起了暴雨。此后一直天气晴朗，父亲火化的那天，又正好是"文代会"闭幕，大家都说父亲真会选日子，说父亲不忍心让老朋友赶来赶去地奔丧，利用开"文代会"的机会和大家就此别过。

父亲火化的那天晚上，天又淅淅沥沥下起小雨来。

八

即使在最后的日子里，父亲也没有意识到自己会魂归仙岛。父亲即使死到临头，仍然顽固地相信自己会成为一个好作家。父亲没有认输，在精神上，父亲仍然是个胜利者。父亲带着强烈的作家梦想撒手人寰。在另一个世界，父亲仍然会继续他的作家梦想。

父亲的故事感伤地记录了一代知识分子曲折的心路

历程。

父亲的故事只是一个文学时代的开始。

父亲的故事永远不会完。

一九九二年十二月　高云岭

旧式的情感

　　三年前，在纪念祖父一百周年诞辰时，我有一点想不明白，那就是人们为什么总是对整数特别有兴趣，莫名其妙就成了习惯。记得祖父在世时，对生日似乎很看重，尤其是"文化大革命"后期，一家老小，都盼过节似的惦记着祖父的生日。是不是整数无所谓，过阴历或阳历也无所谓，快到了，就掰着指头数，算一算还有多少天。

　　有时候，祖父的生日庆祝，安排在阳历的那一天；有时候，却是阴历。关键是看大家的方便，最好是一个休息天，反正灵活机动，哪个日子好，就选哪一天。祖父很喜欢过生日，喜欢那个热闹。有一年，阳历和阴历的这一天，都适合于过生日，他老人家便孩子气地宣布：两个生日都过。

想一想也简单，一个老人乐意过生日，原因就是平时太寂寞。老人永远是寂寞的，尤其是一个高寿的老人。同时代的人，一个接一个去了，活得越久，意味着越要忍受寂寞的煎熬。对于家庭成员来说，也是如此，小辈们一个个都相对独立，有了自己的小家，下了乡，去了别的城市，只有老人过生日这个借口，才能让大家理直气壮、堂而皇之走到一起。

老人的寂寞往往被我们所忽视。我侄女儿的小学要给解放军写慰问信，没人会写毛笔字，于是自告奋勇带回来，让祖父给她写。差不多相同的日子里，父亲想要什么内部资料，想要那些一时不易得手的马列著作，只要告诉祖父，祖父便会一丝不苟地抄了邮来。有一段时候，问祖父讨字留作纪念的人，渐渐多起来。闲着也是闲着，祖父就挨个地写，唐人的诗，宋人的词，毛主席的教导，一张张地写了，寄出去，直到写烦了，人也太老了，写不动为止。

我记得常常陪祖父去四站路以外的王伯祥老人处。这是一位比祖父年龄更大的老人，他们从小学时代就是好朋友，相濡以沫，风风雨雨，已经有了几十年的友谊。难能可贵的是，祖父坚持每星期都坐着公共汽车去看望老朋友。祖父订了一份大字《参考》，大概因为一定级别才订到的，王伯祥老人虽然是著名的历史学家，一级研究员，他似乎没有资格订阅。于是祖父便把自己订的报带去给他看。每次见面大约两个多小时，一方是郑重其事地还报纸，另一方毕恭毕敬地将新的报纸递过去，然后坐着喝茶聊天，无主题变奏。

说什么从来不重要，话不投机，酒逢知己，关键是看这一点。有时候，聊天也是一种寂寞。老人害怕寂寞，同时也最能享受寂寞。明白的老人永远是智者。我不得不承认自己在这些老人的寂寞中，学到了许多东西。我从老派人的聊天中，明白了许多老式的情感。旧式的情感是人类的结晶，只有当它们真正失去时，我们才会感到它们的珍重。老派的人所看重的那些旧式情感，今天已经不复存在。时过境迁，生活的节奏突然变快了。寂寞成了奢侈品，热闹反而让我们感到恐惧。

老人最害怕告别。送君千里，终有一别。祖父晚年时，每次和他分手，他心里都特别难受。于是大家就不说话，在房间里耗着。他坐在写字桌前写日记，我站在一边，有报纸，随手捞起一张，胡乱看下去。那时候要说话，也是一些和分别无关的话题，想到哪里是哪里，海阔天空。祖父平时很喜欢和我对话，他常常表扬我，说我小小年纪，知道的事却不少，说我的水平似乎超过了同龄人。我记得他总是鼓励我多说话，说讲什么并不重要，人有趣了，说什么话，都会有趣。早在还是一个无知的中学生时，我就是一个善于和老人对话的人。我并不知道祖父喜欢听什么，也从来就没有想过这些问题。我曾经真的觉得自己知道的事多，肚子里学问大，后来才知道那是源于老人的寂寞。

一九九七年二月

革命性的灰烬

一

记忆总是靠不住，小说家契诃夫逝世，过了没几年，大家为他眼睛的颜色争论不休，有人说蓝，有人说棕，更有人说是灰色。同样道理，历史也是靠不住的玩意，有人进行了认真研究，考证出胡适先生并没说过那句著名的话——"历史是个任人打扮的小姑娘"。但是我们更愿意相信，胡适确实是说过这句格言，有些话并不需要注册商标，谁说过不重要，大家心里其实都明白，历史这个小姑娘不仅任人打扮，而且早已成为一个久经风尘的老妇人。

一九七四年初夏，我高中毕业了，接下来差不多有一年时间，都在北京的祖父身边度过。这时候，我读完了所有能见到的雨果的作品，读了几本爱伦堡的《人·岁月·生活》，读海明威，读纪德，读萨特，读帕斯捷尔纳克的《日瓦戈医生》，读了一大堆乱七八糟的东西。我胡乱地看着书，逮到什么看什么。事实上，北京的藏书还没有南京家中的多，因此我小小年纪，看过的世界文学名著，已足以跟堂哥吹牛了。

这是一个非常荒唐的年代，就在前一天，在网上看到一篇文章，分析我们这一代人，中间有首打油诗，开头的几句很有意思：

> 五十年代生，今生是苦命。
> 生下吃不饱，饿得脸发青。
> 本应学知识，当了红卫兵……

我们这一代人都是吃狼奶长大，公认最没有文化。世事洞明皆学问，人情练达即文章，就像做生意算账要仔细一样，爬雪山过草地，打日本鬼子打右派，这些都可以算作资历和本钱，经历了最残酷的"文化大革命"，为什么却不能算。江山代有才人出，各有各的造化，轻易地就为一代人盖棺论定，硬说人家没文化，多少有些不太妥当。记得有一次和一位女作家闲谈，说起我们的读书生涯，很有些愤愤不平，她说凭什么认为这一代人读的书不多，凭什么就觉得我们没学问。本来书读得多或少，并不是什么了不得的事，跟有无学问一样，有，不值得吹嘘，没有，也没什么太丢人，可是这也不等于你说有就有，你说没有就没有。

事实上，相对于周围的人，无论父辈还是同辈晚辈，大多数情况下，我都属于那种读书读得多的人。说卖弄也好，说不谦虚也好，在我年轻气盛的时候，跟别人谈到读书，谈古论今，我总是夸夸其谈口若悬河。有一次在一个什么会议上，听报告很无聊，坐我身边的格非忽然考我，能不能把白居易《长恨歌》中"渔阳鼙鼓动地来，惊破霓裳羽衣曲"的后两句写出来，我觉得这很容易，不仅写出了下面两句，而且还顺带写出了一长串，把一张白纸都写满了。

女儿考大学，我希望她能背些古诗，起码把课本上的都背下来。对于一个文科学生，已经是最低要求，女儿觉得当爹的很迂腐太可笑。我说愿意跟她一起背，她背一首，我背两首，或者背三首四首。结果当然废话，女儿的抢白让人哭笑不得，她说不就是能背几首古诗吗，你厉害，行了吧。现如今，女儿已是文科的在读博士，而我实实在在又老了许多，记忆力明显不行了，不过起码到目前为止，虽然忘掉太多的唐诗宋词和明清小品文，然而那些文明的碎片，仍然还有一些保存在脑子里，我仍然还能背诵屈原的《离骚》，仍然还能将白居易的《长恨歌》和《琵琶行》默写出来。

丝毫没有沾沾自喜的意思，我知道的一位老先生，能够将五十一万字的《史记》背出来，这个才叫厉害。真要是死记硬背，一个十岁的毛孩子就能背诵《唐诗三百首》。我之所以要说这些，要回忆历史，无非想说明我们这一代人未必就像别人想的那么不堪，同时，也想强调我们这一代人曾经非常地无聊，无聊到了没有任何好玩的事可做。没有网络，没有移动电话，没有NBA，没有电视新闻，今天很多常见的玩意都根本不存在。塞翁失马，安知非福？现在回想起来，索性废除了高考，没有大学可上，有时候也并非完全无益。譬如我，整个中学期间，有大量的时间读小说，有心无心地乱背唐诗宋词和古文。坏事往往也可以变为好事，我知道有人就是因为写大字报练毛笔字，成了书法家，因为"批林批孔"研究古汉语，最后成了古文学者。

二

　　在一九七四年，我第一次看到了厚厚的一堆小说手稿，这就是姚雪垠的《李自成》第二部。因为毛主席他老人家的特别关照，别的小说家差不多都打倒了，都成了黑帮，独独他获得了将小说写完的机会。我还见过浩然的《金光大道》手稿，出于同样原因，这些不可一世的手稿，出现在了我祖父的案头，指望祖父能在语文方面把把关。后一本书没什么好看的，是一本非常糟糕的书，根本就让人看不下去。我一口气读完了《李自成》，祖父问感觉怎么样，我当时也说不出好坏，回答说反正是看完了，已经知道故事是怎么一回事。不管怎么说，在那个文化像沙漠一样的年头，阅读毕竟是一件相对惬意的事情，毕竟姚雪垠还是个会写小说的人，还有点故事能看看。

　　在此之前，能见到的小说，都是印刷品，都已加工成了书的模样。手写的东西，除了书信，就是大字报。虽然隐隐约约也知道，但我第一次完全明白，小说还是先要用手写，然后才能够印刷成文字。第一次接触手稿的感觉很有些异样，既神秘，又神奇，仿佛破解了一道数学难题，一时间豁然开朗，原来这就是写作的真相。有时候，故事的好坏并不重要，关键是你得把它写出来。李自成是不是"高大全"也无所谓，它消磨了我的时间，满足了一个文学少年的阅读虚荣心，你终于比别人更早一步知道了这个故事。很多事情无法预料，八年后，《李自成》第二部获得了首届茅盾文学奖，我跟别人说起曾在"文革"中看过这部手稿，听的人根本就不相信，说老实话，我自己都有些不太相信。

有时候，阅读只是代表自己能够与众不同，我们去碰它，不是因为它流行，恰恰是因为别人见不到。"文化大革命"中，文学爱好者对世界名著的迷恋，很重要的原因，是大家不能够很顺利地看到。同样的道理，人们更容易迷恋那些被称之为"内部读物"的黄皮书，我们如饥似渴地阅读，是因为它们"反动"，是"毒草"，因为禁，所以热，因为不让看，所以一定要看。有时候，阅读也是一种享受特权，甚至也可以成为一种腐败，当然，在特定时期特定环境下，写作也会是这样。《李自成》这样的小说，从来不是我心目中的文学理想，它也许可以代表"文革"文学的最高水准，但它压根不是我所想要的那种文学，既不是我想读的，也不是我想写的。我曾不止一次说过，从小就没有想到过自己将来要当作家，因为家庭关系，我对作家这一职业并不陌生，然而我非常不喜欢这个行当，而且有点鄙视它，因为按照别人的意志去写小说，勉为其难地去表达别人的思想，这起码是一点都不好玩，不仅不好玩，而且很受罪。

一九七四年，民间正悄悄地在流传一个故事，说江青同志最喜欢大仲马的《基度山恩仇记》。记得有一阵，我整天缠着堂哥三午，让他给我讲述大仲马的这本书。三午很会讲故事，他总是讲到差不多的时候，突然不往下讲了，然后让我为他买香烟，因为没有香烟提精神，就无法把嘴边的故事说下去。这种卖关子的说故事方法显然影响了我，它告诉我应该如何去寻找故事，如何描述这些故事，如何引诱人，如何克制，如何让人上当。我为基度山伯爵花了不少零用钱。三午是个地道的纨绔子弟，有着极高的文学修养，常会写一些很颓废的诗歌，同时又幻想着要写小说，他的理想是当作家，可惜永远是个光说不练的主，光是喜欢在嘴上说说故事。

我不止一次说过，谈起文学的启蒙，三午对我影响要远大于我父亲，更大于我祖父。历史地看，三午是位很不错的诗人，刘禾主编的《持灯的使者》收集了《今天》的资料，其中有一篇阿城的《昨天今天或今天昨天》，很诚挚地回忆了两位诗人，一位是郭路生，也就是大名鼎鼎的食指，还有一位便是三午。这两位诗人相对北岛、多多、芒克，差不多可以算作是前辈，我记得在一九七四年，三午常用很轻浮的语气对我说，谁谁谁写的诗还不坏，这一句马马虎虎，这一句很不错，一首诗能有这么一句，就很好了。

关于三午，阿城的文章里有这么一段，很传神：

> 三午有自己的一部当代诗人关系史。我谈到我最景仰的诗人朋友，三午很高兴，温柔地说，振开当年来的时候，我教他写诗，现在名气好大，芒克、毛头，都是这样，毛头脾气大……

振开就是北岛，毛头是多多，而芒克当时却都叫他"猴子"，为什么叫猴子，我至今不太明白。是因为他的一个绰号叫猴子，然后用英文谐音给自己起了一个笔名，还是因为这个笔名，获得了一个顽皮的绰号。早在一九七四年，我就知道并且熟悉这些后来名震一时的年轻诗人，就读过和抄过他们的诗稿，就潜移默化地受了他们的影响。"希望，请不要走得太远，你在我身边，就足以把我欺骗。"除了这几位，还有许多稀奇古怪的人，有画画的，练唱歌的，玩音乐的，玩摄影的，玩哲学的，叽里呱啦说日语的，这些特定时期的特别人物，后来都不知道跑哪去了。

有一个叫彭刚的小伙子给我留下很深刻的印象，他的画充满了邪气，非常傲慢而且歇斯底里，与"文革"的大气氛完全不对路子。在一九七四年，他就是凡·高，就是高更，就是莫迪利亚尼，像这几位大画家一样潦倒，不被社会承认，像他们一样趾高气扬，绝对自以为是。新旧世纪交会的那一年，也就是二〇〇〇年十二月，在大连一个诗歌研讨会的现场，我正坐那等待开会，突然一头白发的芒克走了进来，有些茫然地找着自己的座位。一时间，我无法相信，这就是二十多年前见过的那位青年，那位青春洋溢又有些稚嫩的年轻诗人。会议期间，我们有机会聊天，我问起了早已失踪的彭刚，很想知道这个人的近况。芒克告诉我彭刚去了美国，成了地道的美国人，正研究什么化学，是一家大公司的总工程师，阔气得很。

一时间，我不知道说什么才好，就好像有一天你猛地听说踢足球的马拉多纳，成了一个弹钢琴的人，一个优雅地跳着芭蕾的先生，除了震惊之外，你实在无话可说。

三

在一九七四年，"毛头的诗"和"彭刚的画"代表着年轻人心目中的美好时尚，这种时尚是民间的，是地下的，是"反动"的，然而生气勃勃，像火焰一样猛烈燃烧。如果说在一九七四年，我有过什么短暂的文学理想的话，那就是希望自己能够有朝一日，成为一名像毛头那样的诗人。三午的诗人朋友中，来往最多的就是这个毛头，对我影响最大最刻骨铭心的，也正是这个毛头。毛头成了我的偶像，成了我忘却不了的梦想。我忘不了三午如何解读毛头的诗，大声地朗读着，然后十分赞叹地大喊一声：

"好，这一句，真他妈的不俗！"

从三午那里，常常会听到的两句评论艺术的大白话，一句是"这个真他妈太俗"，另一句是"这个真他妈的不俗"。俗与不俗成为最重要的评价标准。说白了，所谓俗，就是人云亦云，就是跟在别人后面亦步亦趋。所谓不俗，就是和别人不一样，就是非常非常的独特，老子独步天下。艺术观常常是摇摆不定的，为了反对时文，就像当年推崇唐宋八大家一样，我们故意大谈古典，一旦古典泛滥，名著大行其道的时候，我们又只认现代派。说白了，文学总是要反对些什么，说这个好，说那个好，那是中央台《新闻联播》，那不是文学。

有没有机会永远是相对的，国家不幸诗家幸，赋到沧桑句便工。在一九七四年，因为没有文化，稍稍有点文化，就显得很有文化。因为没有自由，思想过分禁锢，稍稍追求一点自由，稍稍流露一点思想，便显得很有思想。有一天，三午对毛头宣布，他要写一部小说，然后滔滔不绝地说自己准备怎么写。那一阵，毛头是三午的铁哥们，三天两头会来，来了就赖在了长沙发上不起来，说不完的诗，谈不完的音乐。也许诗谈得太多了，音乐也聊得差不多了，三午突然想到要玩玩小说。他是个非常会吹牛的人，这个故事他已经跟我说过一遍，然后又在我的眼皮底下，兴致勃勃地说给毛头听。在一开始，毛头似乎还有些勉强，懒洋洋坐在那，无精打采，渐渐地坐直了，开始聚精会神。终于三午说完了故事梗概，毛头怔了一会，不甘心地问，完了？三午很得意，说完了，于是毛头突然从沙发上跳起来，说我要向你致敬，说你太他妈有救了，这绝对太他妈的棒了，你一定得写出来。

和许多心目中的美好诗篇一样，三午的这部小说当然没有写出来。人们心目中的好小说，永远比实际完成的要少得多。时至今日，我仍然还能清晰地记得那个故事梗概。一名老干部被打倒了，落难了，回到了当年打游击的地方，从庙堂回落到江湖，老干部非常惊奇地发现，有一位年轻人对他尤其不好，处处要为难他，随时随地会与他作对。老干部想不明白这是为什么，他忍让着，讨好着，斗争着，反抗着，有一天终于逼着年轻人说了实话。年轻人很愤怒地说，你身上某部位是不是有个印记，说你还记不记得当年的战争年代，还能不能记得有那么一位村姑，在你落难的时候，她照顾过你，她爱过你，可你对她干了什么。这位老干部终于明白了，原来这位年轻人是自己的儿子，是他当年一度风流时留下的孽债。年轻人咬牙切齿地说，你把衣服脱下来，你脱下来。老干部心潮起伏，他犹豫再三，终于在年轻人面前脱光了自己，赤条条地，瘦骨嶙峋地站在儿子面前，很羞愧地露出了隐秘部位的印记。

如果三午将这个故事写出来，如果时机恰当，在此后不久的七十年代末和八十年代初，这样的小说获得全国奖也未必就是意外。说老实话，就凭现在这个故事梗概，它也比许多红极一时的得奖小说强得多。不妨想一想一九七四年的文学现场，不妨想一想当时文学观念上的差异。"文化大革命"已是强弩之末，"四人帮"正炙手可热，那年头，最火爆的文学期刊《朝霞》，能发表的作品不是说基本上，而是完全就不是文学。当然，这话也可以反过来说，如果当时文学期刊上的文字是文学，我以上提到的那些活跃在民间的东西，那些充满了先锋意义的诗歌，三午要写的那个小说，就绝对不是文学。

极端的文学都是排他的，极端的文学都是不共戴天的。事隔三十多年，以一个小说家的眼光来看，三午当年准备要写的那部小说，就算是写出来，也未必会有多精彩。同样，白云苍狗时过境迁，当年那些让我入迷的先锋诗歌，那种奇特的句式，那种惊世骇俗的字眼，用今天的评判标准，也真没什么了不起。不可否认的却是，好也罢，不好也罢，它们就是我的文学底牌，是我最原始的文学准备，是未来的我能够得以萌芽和成长的养料。它们一个个仍然鲜活，继续特立独行，既和当时的世界绝对不兼容，又始终与当下的现实保持着最大距离。有时候，文学艺术就只是一个姿态，只是一种面对文坛的观点，姿态和观点决定了一切。从最初的接触文学开始，我的文学观就是"反动"的，就是要持之以恒地和潮流对着干，就是要拼命地做到不一样，要"不俗"。我们天生就是狼崽，是"文化大革命"不折不扣的产物，是真正意义的文学"左"派。舍得一身剐，敢把皇帝拉下马，我们来到这个世界上，如果要从事文学，就一定要革文学的命，捣文学的乱。

四

二十世纪七十年代末，我开始偷偷摸摸地学写小说，所以说偷偷摸摸，并不是说有什么人不让写，而是我不相信自己能写，不相信自己能写好。我从来就是个犹豫不决的人，一会信心十足，一会垂头丧气。记得曾写过一篇《白马湖静静地流》的短篇，寄给了北岛，想试试有没有可能在《今天》上发表，北岛给我回了信，说小说写得不好，不过他觉得我很有诗才，有些感觉很不错，可以尝试多写一些诗歌。

到了一九八六年秋天，经过八年的努力，我断断续续地写了一些小说，短篇，中篇，长篇，都尝试过，也发表和出版了一部分，基本上没有任何影响，还有很多小说压在抽屉里。这时候，我是一名出版社的小编辑，去厦门参加长篇小说的组稿会，见到了一些正当红的作家。当时厦门有个会算命的"黄半仙"，据说非常准，很多作家都请他计算未来。我未能免俗，也跟在别人后面请他预言。他看了看我的手心，又摸了摸我的锁骨，然后很诚恳地说你是个诗人，你可以写点诗。周围的人都笑了，笑得很厉害，笑出了声音。不知道他为什么会这么说，也许是我当时不修边幅，留着很长的胡子。反正让人感到很沮丧，因为我知道自己最缺的就是诗才，根本就不可能成为一名出色的诗人。我无法掩饰巨大的失望，问他日后还能不能写小说，他又看了看我，斩钉截铁地说：

"不行，你不能写小说，你应该写诗，你应该成为一个诗人。"

这位"黄半仙"也是文艺圈子里的人，他只是随口一说，根本没想到会有什么后果，根本就不在乎我会怎么想。当时在场的还有很多位已成名的小说家，小说家太多了，多一个不多，少一个不少，我只是一名极普通的小编辑，实在没必要再去凑那份热闹。一时间，我想起了北岛当年的劝说，说老实话，那时候真的有些绝望。虽然已经开始爱上了写小说，虽然正努力地在写小说，但是残酷的现实，也让我开始怀疑自己真没有写小说的命。

这时候，我已经写完了《枣树的故事》，《夜泊秦淮》也写了一部分，《五月的黄昏》在一家刊物编辑部压了整整一年，因为没有退稿，一直以为有一天它可能会发表出来，可是在前不久，被盖了一个红红的公章，又无情地退了回来。《枣树的故事》最初写于一九八一年，因为被不断地退稿，我便不停地修改，不停地改变叙述角度，结果就成了最后那个模样。我已经被退了无数次稿，仅《青春》杂志这一家就不会少于十次。我有两个很好的朋友在这编辑部当编辑，可就算有铁哥们，仍然还是不走运。

一个人不管怎么牛，怎么高傲，退稿总是很煞风景。还是在七十年代末，南京的一帮朋友聚在一起，像北京的《今天》那样，搞了一个民间的文学期刊《人间》。我的文学起步与这本期刊有很大关系，与这帮朋友根本没办法分开。事实上，我第一部被刊用的小说，就发表在《人间》上。没有《人间》我就不会写小说，那时候我们碰在一起，最常见的话题就是什么小说不好，就是某某作家写得很臭。我们目空一切，是标准的文坛持不同意见者。这本刊物很快夭折了，有很多原因，政治压力固然应该放在首位，然而自身动力不足，克服困境的勇气不够，以及一定程度的懒惰，显然也不能排除在外。我们中间的某些人在当时已十分走红，他们写出来的文字不仅可以公开发表，而且是放在头条的位置上，产生了巨大的影响。

不管今天把当时民间文学刊物的作为拔得多高，希望能够公开发表文章，希望能够获得广大读者的认同，还是一个最基本的原始动机。官方的反对和禁令会阻碍发展，文坛的认同同样可以造成流产。毫无疑问，民间刊物是对官办刊物的反抗，同时也是一种补充。我们的文学理想是朦胧的，不清晰的，既厌恶当时的文坛风气，又不无功利地想杀进文坛，想获得文坛的承认。很显然，在公开的文学刊物上发表自己的文字是很难抵挡的诱惑，八十年代初期，在北京家中，有一次北岛来，我跟他说起顾城发表在《今天》上的一首诗不错，北岛说这诗是他从一大堆诗中间挑出来的，言下之意，顾城的诗太多了，这首还算说得过去。安徽老诗人公刘是我父亲的朋友，也说过类似的话，因为和顾城父亲顾工熟悉，让顾城给他寄点诗，打算发表在自己编的刊物上，结果顾城一下子寄了许多，仿佛小商品批发一样，只要能够发表，随便公刘选什么都行。

写作是写给自己看的，当然更是写给别人看的。公开发表永远是写作者的梦想。有一段时候，主流文学之外的小说狼狈不堪，马原的小说，北岛的小说，这些后来都获得很大名声的标志性作家，很艰难地通过了一审，很艰难地通过二审，终于在三审时给枪毙了。我是他们遭遇不断退稿的见证者，都是在还不曾成名时，就知道和认识他们。我认识马原的时候，还是在八十年代初期，那时候的马原非常年轻，用今天的话来说，是标准的帅哥，他还在大学读书，小说写出来了无处可发，正在与同学们一起编一本非常好卖的《文学描写辞典》。而北岛的《旋律》和《波动》，也辗转在各个编辑部之间，在老一辈作家心里，它们也算不上什么大逆不道，尤其是《旋律》，我父亲和高晓声都认为这篇小说完全可以发表，然而最终也还是没有发出来。

五

八十年代中期，"现代派"一词开始甚嚣尘上，后来又出现了新潮小说和先锋小说。这些时髦的词汇背后，一个巨大的真相被掩盖了，这就是文坛上的持不同意见者，已消失或者正在消失，有的不再写作，彻底离开了文学，有的被招安和收编，开始功成名就，彻底告别了狼狈不堪。"先锋小说"这个字眼开始出现的那一天，所谓先锋已不复存在。马原被承认之日，就是马原消亡之时。北岛的《波动》和《旋律》终于发表，发表也就发表了，并没有引起什么波澜。诗人毛头改名多多，也写过一些小说，说有点影响也可以，说没多大影响也可以。

多少年来，我一直忍不住地要问自己，如果小说始终发表不了，如果持续被退稿，持续被不同的刊物打回票，会怎么样。如果始终被文坛拒绝，始终游离于文坛之外，我还有没有那个耐心，还能不能一如既往地写下去。也许真的很难说，如果没有稿费，没有叫好之声，我仍然会毫不迟疑地继续写下去，然而如果一直没有地方发表文字，真没有一个人愿意阅读，长此以往，会怎么样就说不清楚了。时至今日，写还是不写根本不是一个问题，再说仍然被拒绝，再说没什么影响，再说读者太少，多少有些矫情。我早已深陷在写作的泥淖之中，生命不息战斗不止。写作成了我生命的一部分，为什么写已经不重要，重要的是写什么和怎么写，无法想象自己不写会怎么样，写不写作对于我来说，已完全是个伪命题。

一九八三年春天，我开始写自己的第一部长篇小说。显然是因为有些赌气，不断地被退稿，让人产生了一种不可遏制的冲动，退一短篇也是退，退一长篇也是退，为了减少退稿次数，还不如干脆写长篇算了，起码在一个相对漫长的写作期间，不会再有退稿来羞辱和干扰。从安心到省心，又从省心回到安心，心安则理得，名正便言顺。事实上，我总是习惯夸大退稿的影响，就像总是有人故意夸大政治的影响一样，我显然是渲染了挫折，情况远没有那么严重。被拒绝可以是个打击，同时也更可能会是刺激和惹怒，愤怒出诗人，或许我们更应该感谢拒绝，感谢刺激和惹怒。

思想的绚丽火花，只有用最坚实的文字固定下来才有意义。我知道对于一个作家来说，除了写，说什么都是废话，嘴上的吹嘘永远都是扯淡。往事不堪回首，我希望自己的写作青春常在，像当年那些活跃在民间的地下诗人一样，我手写我心，我笔写我想，睥睨文坛目空一切，始终站在时代前沿，永远写作在文学圈之外。在史无前例的"文化大革命"中，我们最耳熟能详的一句口号，就是要继续革命。要继续，要不间断地写，要不停地改变，这其实更应该是个永恒的话题。"文化大革命"是标准的挂羊头卖狗肉，它只是很残酷地要了文化的命，并没有什么真正意义的文学革命。文学要革命，文学如果不革命就不能成为文学，真正的好作家永远都应该是革命者。

二〇一〇年八月四日

回望与
纪念

事实上，张爱玲的一生，

就是一个苍凉的手势，

就是一声重重的叹息。

闲话张爱玲

一

突然接到张爱玲逝世的消息，心中很有些说不出的滋味。消息是从香港方面辗转传过来的，当时就想，死的不是邓丽君，要不然报纸上不知如何火爆。转念又想，张爱玲之死，未必就不火爆。果然放下电话没几个小时，本地晚报已发出了快讯。张爱玲在内地有许多读者，尤其是女读者，这些女读者大都是写书的，或者干编辑记者，起码也是文学爱好者，报纸杂志上不可能没有文章来满足她们。

我想立刻给我的一位老同学打电话。十年前，我在大学里读研究生，攻读现代文学，和这位老同学常常争得脸红耳赤。写学位论文，就好像寻找伴侣私订终身，我和老同学为钱锺书和张爱玲谁的小说更好，一定要争出高下。结果只能在两难之中挑一个，最终我选择了钱锺书，老同学敲定张爱玲。时过境迁，我深深怀念已经流逝的苦做学问的年代，那时候，天天泡在图书馆里，下狠心翻旧报纸，读那些早就过期的杂志。张爱玲早期发表的作品，我都是在它最初发表的刊物上读到的。

在那些发黄的纸张里，能翻到张爱玲的文章，真是幸运。在印刷品中，劣质文字永远是占多数。张爱玲的文章属于那种让人眼睛一亮的作品。我忘不了当时无论是我，还是那位老同学，只要一看到张爱玲的东西，必定提醒对方不要错过。事实上我们都不可能错过，于是这种提醒便演变成了对张爱玲作品的讨论。我们常常做这种愚蠢的假设，四十年代沦陷区的上海滩，如果没有了张爱玲会怎么样？这是一个只有书呆子才会当问题的问题。

没有了张爱玲，只不过是我们这些书呆子少了一些话题。张爱玲带给我们文学阅读上的喜悦，她的作品让我们在寂寞的夜晚，不再感到孤独。她的作品让我们会想，小说原来还能这么写。正是因为喜爱张爱玲的作品，我们才会变得贪得无厌，感到她的作品太少了一些，不应该这么少。正是因为喜爱张爱玲的作品，我们才会变得挑剔，感到她的作品为什么后期永远也没办法和前期相媲美。她早期的作品太辉煌了，后期作品相比之下，便有些糟糕。在《亦报》上连载的《十八春》和《小艾》，还有后来的《秧歌》和《赤地之恋》，无疑都是张爱玲的作品，文字和构思仍然是张爱玲的风格，但是缺少的是张爱玲的那种独特灵气。长篇《怨女》是《金锁记》的重写，这完全是一次失败的操作。

张爱玲让人津津乐道的是她的贵族出身。对于这一点，我始终不以为然。文学的事，永远不可能如此简单。贵族出身的人实在太多，张爱玲的家庭了不起，比她更显赫的家族并不在少数。并不是破落的大家子弟，就应该注定成为曹雪芹。张爱玲所以成为张爱玲，首先是因为她的作品，其次还是因为她的作品。作品是人创造的，可是千万不要忘记作品可以反过来改变一个人的。作家成就了文学，文学也会毫不含糊地创造一个人。

张爱玲的一生是一部大作品。多少年以后，这部作品也许比什么都重要。早在二十五岁以前，张爱玲的文学才华就用得差不多了。她最重要的作品《传奇》和《流言》，都是在这之前完成的。很多文学青年在这个年纪，还没有来得及开窍。张爱玲是文学早熟又一个奇迹般的例子，另一个例子是伟大的托马斯·曼，他在这个年龄完成了《布登勃洛克一家》。张爱玲喜欢用一个苍凉的手势，一声重重的叹息，来形容她的作品和作品中的人物。事实上，张爱玲的一生，就是一个苍凉的手势，就是一声重重的叹息。二十五岁以后，她断断续续还在写，我几乎见到过她之后的所有作品。我不至于说她的《红楼梦魇》不妥，那些言情的电影剧本意义不大，从方言改成语体文的《海上花列传》是浪费时间，事实证明这也很了不起，然而她的大多数读者恐怕都和我一样，就是觉得张爱玲应该一心一意写小说。天知道这世界上有多少痴心人在白白地等待她的下一部小说。

我猜想张爱玲把自己也变成了作品中的人物。这正是她的高明之处。有意或者无意，她突然明白人的一生中，最重要的一部作品是自己。她结过两次婚，不能说是什么了不得的错误，但是显然不理想。一个是有才华却太轻薄的汉奸，一个是西方的左派作家，不能否定她和他们在沟通上的那种障碍。张爱玲选择这两个人，本身就是小说作法。小说作法有时候也会成为人的行为准则。

我猜想许多事，张爱玲都是存心的。她存心要我们为她感到无穷无尽的遗憾，要我们痛苦地去回味她走过的人生。她存心要我们喋喋不休地去争论她为什么放弃了小说，为什么不文思如泉涌没完没了地写下去，要我们为许多站得住脚和站不住脚的理由浪费唾沫和笔墨。她存心要我们哭笑不得，要我们疑惑不解，要我们很快地忘记她，而实际上却永远也不可能把她遗忘。

二

前几天应香港一家报社的约稿，写了一篇谈张爱玲的文章。言犹未尽，总觉得还可以再说些什么。张爱玲这样的才女，照例是很容易作为闲谈的话题。一个女作家本来就引人注目，更何况张爱玲作品之外，有那么多故事。就说张爱玲的成名。

张爱玲自称九岁就开始向编辑先生进攻。她打算把在杭州写的日记，寄给编辑先生。她用稚嫩的语气，写了一封没有标点的信，扔在信筒里，从此没有下文。十九岁的时候，她参加了《西风》的征文活动，在六百八十五名应征者中，有十三人得奖，这次编辑总算没有太走眼，张爱玲名列倒数第一，正好第十三名。按照征文启事的规定，得奖者只有十名，多出来的三名是荣誉奖。张爱玲参赛的作品叫《天才梦》，这可能是张爱玲文字生涯中的第一篇文章。不过张爱玲对自己的名次耿耿于怀，她成名后，谈起这段往事，坚持说名列第一的那篇文章实在平平。

张爱玲给人的印象，在一夜之间突然就红了。女作家的走红向来比男作家凶猛。在张爱玲成名的十几年前，丁玲女士也是如此。记得读研究生时，一位在现代文学研究方面极有成就的老师说过，丁玲一出现，她几乎就取代了冰心女士的位置，冰心火爆得更早。这种取代之说有些夸张，也不准确，但是有纪实的一面。张爱玲的出现，也有取代丁玲之势。冰心的文章以爱心和提出问题取胜，丁玲却是以她的反叛和浪漫精神获得读者，张爱玲和她们都不一样。张爱玲的小说要丰富得多，而且她显然不喜欢她的两位前辈。

张爱玲的小说深入到了平常人的心灵，这是她能拥有无数"张迷"的法宝。真正的好作品是阻挡不住的。张爱玲的小说最初发表在文坛不屑于注视的鸳鸯蝴蝶派杂志上。许多有志向的文学青年绝对不会去理睬这样的刊物。张爱玲偏偏什么都不在乎。她似乎信奉小说只要能发表就行的这个实用主义原则，小说之外的事，不愿意想得太多。她的小说在什么刊物上都可以出现，譬如发表她小说最多的是《杂志》，这个刊物显然有日本人的背景。在沦陷时期的上海这个特定的环境里，张爱玲犹如一匹脱缰的野马，一发而不可收。她火山爆发一般地拼命写，写了就拿出去发表。让人感到无可奈何的是，张爱玲就这样成了名，她的文章得到了当时上海滩各种背景的刊物的欢迎。转眼之间，她成了真正的名家。

晚年的张爱玲和四十年代大红大紫的张爱玲，仿佛两个截然不同的女人。晚年的张爱玲完全把自己封闭起来，杜门谢客，摒绝交游，以至于最后死在美国公寓的地毯上，几天后才被人发现。四十年代的张爱玲是这样地爱出风头，她为了突出自己，甚至不惜身着奇装异服。张爱玲的动机非常简单，写东西就是为了要出名，越早越好，越大越好。遗憾的是张爱玲有出风头的心，没有出风头的命。她不是那种能够当交际花的女人，倒不是长得不漂亮，实在是不善于人际交往。她的骨子里讨厌交际，在大红大紫的年代里，她不能免俗地参加各种应酬，出现在不同的社交场合，尽情地品尝自己成功的喜悦，然而这些无聊的敷衍已经为她日后隐士般的生活埋下了伏笔。

张爱玲的奇迹在于当年引起了各路人马的叫好。她毫无选择地在各种刊物上发表文章，属于不同阵营的编辑却非常明确地想把她拉入到自己的队伍中来。张爱玲的小说终于出现在柯灵先生主编的《万象》上，这虽然是一本商业性杂志，但是在柯灵的努力下，杂志明显地属于新文学阵营。当年柯灵先生为如何能约到张爱玲的稿子踌躇再三，出乎意料，张爱玲竟然冒冒失失主动送上门。多少年后，柯灵谈起这段往事仍然喜形于色。

很多有识之士出于爱护张爱玲的目的，反对她这样无原则地到处乱发文章。郑振铎先生就提出过具体的建议：张爱玲写了文章，可以交给开明书店保存，由开明书店先付稿费，等河清海晏再印行。张爱玲根本就不理这一套，清者自清，浊者自浊，她的名言仍然是那句："出名要早呀！来得太晚的话，快乐也不那么痛快。"

张爱玲相信她的小说可以远离政治。可是潜意识里知道这绝不可能，要不然她不会说："时代是仓促的，已经在破坏中，还有更大的破坏要来。"这也许是张爱玲真正的高明之处。如果她真听了郑振铎的话，把自己的小说藏之名山，等日本人完蛋再发表，结局也许更糟糕。张爱玲的文学生涯，辉煌鼎盛也就只有抗战胜利前的两年时间，过了这村，就没有这店，事实就是这么残酷。

张爱玲后来"死灰复燃"，在文坛上再次走红，先是在台湾，然后在大陆。她的书成了畅销书，让出版社乘机赚钱。"张迷"成为一个固定词组，重要的原因，是她在那个特定的时期写的并且毅然发表的小说《传奇》和散文《流言》。是是非非很难说清楚，成也萧何，败也萧何，事实就是这么滑稽。

闲话齐白石

　　最早知道齐白石，是通过我们家里的一只搪瓷脸盆，脸盆底上印着齐白石画的虾，父亲放了半盆水，用手搅了搅，问我那虾像不像是活的。在对齐白石的画还没什么了解之前，我曾听说过不少关于齐白石的笑话。有一个笑话我父亲很爱说，说给我听，也说给别人听，这笑话就是齐白石特别贪财。有人找齐白石画虾，付了钱，齐白石懒洋洋地画了一只，搁笔休息，求画的人涎着脸要求再画一只，一旁管账的便让他重新付钱，付了钱，可以添一只虾。虾画完了，求画的人说：老先生还没落款和钤印。于是管账的再一次站出来提醒，结果求画的人还得为落款和盖印章分别付钱。

小时候，我对这样的故事深信不疑。后来书读多了，才知道都是后人别有用心的捏造和杜撰。人出了名，什么样的怪故事都可能落到他头上，这样的故事移到郑板桥身上也合适。对于艺术家来说，这叫名士气。齐白石是一个大器晚成的人，他的成名并不是很容易，也许正是因为出名太迟的缘故，他是个非常勤俭的人。既然钱并不是轻易就能得到的，一个人自然会把钱看得重。勤俭未必就是天性，勤俭也是逐渐养成的，勤俭和贪财是两回事。

　　齐白石大半辈子都是在极不安定的日子里度过的。即使是在有钱的时候，过的也是穷人的日子。据说齐家总是用一个木箱子盛米，木箱子上面还要加一把锁，钥匙由齐白石亲自掌握。他的儿媳妇每天做饭，都要去请他开锁。齐白石怕儿媳妇浪费，每顿饭都限定四小铁罐，就是那种装香烟的小铁罐，天天如此，除非这一天正好来了客人。无论来了什么贵重的客人，也不过是加半罐米。齐白石一生，最看不惯别人浪费，在他眼里，没有比浪费更大的罪过。家里人拣菜，他常常会放下手中的画笔出去干涉，在那些拣下来的菜叶菜根里翻来翻去，非常严肃地说："这还能吃，怎么就扔了。"

　　齐白石的身上，很有些大画家的派头。这派头，不是大画家做不出来。齐白石永远算不过来这个账，他想不明白一个最简单的道理，就是他如果多画一张画，不知可以抵上多少扔掉的菜叶菜根。问题有时候就是这么滑稽，齐白石要是真能算明白这账，他的画也许就和那些应该扔掉的菜叶菜根差不多了。而且命中注定齐白石不应该太有钱。有一度他似乎很阔气，钱多得不知往什么地方放才好。他把钱存入了不同的银行，有外国的，也有中国的，总觉得外国的银行更保险一些，其中最大的一笔便存入一家美国人开的银行。偏偏就是这家美国银行让齐白石老人吃了大亏，结局是那家银行倒闭了，老板携家人和财产逃之夭夭，害得他心痛得不得了，连续几天都没办法画画。

活得长是齐白石能享受自己艺术成果的重要原因。画家中有很多长寿者，但是真像齐白石这样很晚才出大名的并不多。齐白石的出名是苦熬出来的，他最初只是个木匠，以后又在工笔画上死下功夫。要不是一个叫陈师曾的劝说他改变画风，也许人们根本见不到那种今日最能代表齐白石画风的大写意画。傅抱石先生在谈到齐白石的画时曾经说过，齐白石老人所走过的道路崎岖曲折，七十多年的顽强劳动又如此勇猛精进，他的画不仅元气淋漓、清新一片，而且是别有天地、新意迭出。齐白石成为齐白石，实在不容易，他的过人之处就在于敢变，敢变是齐白石老人能够独创的重要原因。齐白石具有非常了不得的生命力，在他快六十岁的时候，他的妻子为他做主娶了一个妾，这个妾进门时只有十八岁，她共为齐白石生了两个儿子、三个女儿，最终是在四十二岁那一年难产死的，那时候齐白石已经八十三岁。齐白石活了将近一百岁。画里画外，他的生命力都非常惊人。

有关齐白石老人对自己的评价起码有三个版本，一是他的女弟子胡絜青说的，老人自认为自己诗第一，印第二，字第三，画第四。还有于非闇《感念齐白石老师》说老人认为自己印第一，诗第二，字第三，画第四。最后一种说法是诗第一，印第二，画第三，字第四。这些不同版本的共同点都是，作为大画家的齐白石故意抬高自己的诗和印。他在自己订定的《齐白石作品选集》的亲笔序中写道：

> 予少贫，为牧童及木工，一饱无时，而酷好文艺，为之八十余年，今将百岁矣。作画凡数千幅，诗数千首，治印亦千余。国内外竞言齐白石画，予不知其究何所取也。印与诗，则知之者稍稀。予不知知之者之为真知否？不知者之有可知者否？将以问之天下后世……予之技止此。予之愿亦止此。世欲真知齐白石者，其在斯，其在斯，请事斯。

齐白石几乎是在疾呼人们应该注意他的印和诗。古人曾说过功夫在诗外，要读懂齐白石的画，看他的印和诗能获得进一步的启发。齐白石刻过两方印，一为"不知有汉"，一为"见贤思齐"。"不知有汉"和"见贤思齐"是齐白石毕生遵循的两条艺术原则。所谓"不知有汉"就是敢于狂妄，我们都知道秦汉篆刻地位极高，齐白石一针见血地指出：秦汉人有过人处，全在不蠢，胆敢独造，故能超出千古。秦汉人是人，我们也是人，不蠢和独造，便成了能否取得成功的关键和要害。

"见贤思齐"充分体现了齐白石的好学精神，不是勤学和善学，同样成不了齐白石。齐白石的画风一变再变，正是这种"见贤思齐"的最好写照。与他的狂妄形成尖锐对比的，是他对自己所喜欢的前辈有一种偶像般的崇拜，他恨不能生前三百年，为青藤（徐渭）、雪个（八大山人）、大涤子（石涛）磨墨理纸。仅仅是"不知有汉"，会使我们不学无术，"不知有汉"的狂妄，如果没有"见贤思齐"做补充，也可能会毁掉一个天才。

纪念沈从文

关于沈从文先生，有许多话可以说。二十世纪八十年代，我姑姑快退休了，突发奇想要写电影剧本，说写就写，是写画家司徒乔。我至今都不明白她为什么这么做，反正是兴冲冲地写了，写完，也没地方发表，更谈不上谁愿意拍摄。完全自娱自乐，就在自家传阅，每个人都翻一遍。我伯父建议姑姑去和沈从文谈谈，听听他的意见，因为沈与司徒乔的关系非同一般。姑姑说，她又不认识沈先生，怎么可以去贸然见人家。

这是我第一次听说沈从文与司徒乔是好朋友，沈是一个很侠义的人，一九三一年徐志摩飞机失事，他以好友身份专门赶到出事地点，向朋友们报道事发经过。大家都知道沈从文与当年在北京的一帮文化人关系不错，知道他与胡也频和丁玲有着非同寻常的交情，这都是耳熟能详的故事，可是与司徒乔，如果伯父不提起，我还真不知道。

伯父形容沈从文说话的神情，与钱锺书小说《猫》描写的曹世昌还真有些像，举止斯文，很小心翼翼的样子，是悄悄地告诉你，仿佛在透露十分秘密的消息。他柔声细语地对伯父说，他的家乡凤凰非常漂亮，真的很漂亮，如果有可能，应该去一趟，好好地看一看。伯父比沈从文小十多岁，因为祖父的关系，当然是与沈认识，不过他觉得自己毕竟是晚辈，还不够资格从中引见介绍，非得老爷子亲自出马才行，但是祖父未必就肯做这样的事，沈从文为人一向认真，对于一个认真的人来说，轻易不能麻烦。于是不了了之。事实上过了不久，姑姑的电影热情也消失了，玩票就是玩票，当不了真的。

还是二十世纪八十年代，老作家章品镇跟我说过与沈从文有关的另一个故事。大约"文革"前，沈从文到江苏来，考察什么文物，章向其求字，他迟疑着答应了，说容他回房间再写，章以为只是敷衍，很多能写字的人都是这么推托，没想到第二天，他竟然用小楷抄了一大段文字。这事足以说明沈从文的实在和认真。我看过他给王伯祥之子王湜华写的字，也是整篇都写满了，数一数，竟然有几百字。一个人老是这么给人题词，非累死不可。

很多文化人去凤凰，都冲着它是沈从文的家乡，起码我就是这样。凤凰古城漂亮，湘西的风景迷人，但如果没有沈从文，一定会大大逊色。二〇〇〇年秋天，清澈亮丽的沱江边，我在沈的墓前久久徘徊，不远处，有一块他妻子张兆和写的铭文，字数不多，让人无限感慨。我没有带相机，也无纸笔，就反复看，当时记住了，现在却写不出来。大意是沈从文死后，大家如此隆重，无非锦上添花，而沈生前矛盾重重，诸多坎坷，却很少有人雪中送炭。

一九四九年，祖父到北京没几天，便去看老朋友沈从文。见面的结果让祖父很失望，虽然他们也"杂谈一切"，但是沈从文的恍惚，不近人情的多疑，明显的精神失常，让祖父感到揪心之疼。就在这次见面的一个星期后，沈从文用剃刀将自己的颈子割破，两腕的脉管也割伤了，还喝了一些煤油，幸好是在大白天，抢救及时，生命才得以保存。这段惨痛往事，很长时间都被深深埋藏，后来被人重新提起，基本上都是从政治迫害这个角度入手。

政治上的迫害不容置疑，但是面对同样的压力，很多人都若无其事挺了过来，朱光潜被定性为蓝色作家，萧乾被定性为黑色作家，相比较而言，被定性为粉红色作家的沈从文，罪名似乎要更轻一些，这一点不仅我今天这么看，在当年，沈从文的儿子也是这么认为，他甚至还因此安慰过父亲。别忘了沈从文是从乱世里走出来的，早在还是一个毛孩子的时候，他就当兵了，见识过杀人如麻的场面。别忘了他是性格倔强爱吃辣子的湖南人，出生地湘西以民风剽悍而闻名，说他仅仅因为害怕才自杀，这实在是小看了沈从文。

时至今日，重新说到沈从文，不妨有些医学的观点和态度。从现有记录资料来看，当时的沈显然患有很严重的精神疾病，也就是眼下人们常说的抑郁症。他的不安宁并不是持续的，一会清醒，一会糊涂，"有时候忽然心地开朗，下决心改造自己，追求新生，很是高兴"，"更多的时候是忧郁，悲观，失望，怀疑，感到人家对他不公平，人家要迫害他，常常说，不如自己死了算了"。

事情有时候非常简单，有时候当然不是那么简单。也许我们还不能完全相信张兆和的话，作为沈从文的妻子，她也觉得当时的压力并不像想象中那么大，认为他只是自己把自己打倒了。压力大小很难判断，不同的人，承受能力肯定不同。有一段时间，我十分在意这方面文字，着重研究沈从文一九四九年前后的心路历程，并不想得出什么结论，而是希望能够多些观点，多些角度，在不可能中寻找到一些可能。

事实上早在一九四九年之前，沈从文的写作就遇到了严重问题，所谓个人发展的瓶颈。以小说水平而论，一九三四年出版的《边城》是巅峰之作，这以后，基本上陷入了拔剑茫然的境地。到了一九四二年的《长河》，虽然有所突破，但是作为小说名家，他的个人影响力正在减弱，读者的关注度明显减少，这固然与抗战的文学大背景有关，也与小说的深度分不开。说老实话，尽管沈从文的小说写得很好，但他从来就不是个自信的作家，他有足够的勇气，有农夫默默耕耘的写作耐心，对未来却并不看好。

这也就是为什么他要选择在大学里当老师的原因，与留洋的大教授相比，沈从文工资只是人家的十分之一。一个教写作的老师在大学里其实没什么出路，遭人白眼也属正常，沈从文赖在大学里，也就是杜甫"已忍伶俜十年事，强移栖息一枝安"的意思，偏偏最后连这个也难以为继。众所周知，通常情况下，当职业作家是养不活自己的，在一九四九年，沈从文对前程的最大担心，显然不是能不能写的问题，这个问题对他来说折磨已久，也就不再是迫在眉睫的大问题，而是还能不能继续在大学里当老师，还能不能活下去：

"我应当休息了，神经已发展到一个我能适应的最高点上。我不毁也会疯去。"

这是沈从文当时发出的最惨痛声音，生存的恐惧把他彻底给压垮了，多少年来，沈从文都是以退为进，可是现在他已经没什么地方可退。一九四九年是道很高的门槛，很多人跨过了这道门槛，都会感到无路可走。有人看到了希望，不过这希望和绝望异曲同工，结局都差不多。这其实是一代作家所面对的共同难题，简单地说，沈从文只是比别人更不善于应变，在与时俱进方面，他的能力孱弱了一些。五十步千万不要笑一百步，那些具备应变能力的作家难道就写出了好作品吗？答案同样也是没有。

　　回顾过去的历史，我的耳边总是回荡着美国作家福克纳的声音，"一个真正的作家是拦不住的，如果被拦住了，他就不是"。多少年来，我们一直在给为什么不能写作找出一个理由，可是对于一个作家来说，只要是不写作，就永远会有充足的借口。我一直会有些不太切实际的联想：如果当时给了沈从文写作机会又能怎么样，如果让他获得诺贝尔文学奖又能怎么样。把责任都推给社会，把过错都归于环境，显然太过于简单，太外行。写作说到底，是写没写，而不是让不让写。冤有头债有主，怨天尤人怪罪社会，并不能最后解决写不写的问题。小说史从来都是只关心那些写出来的文字，世界上一流作家的作品被查禁屡见不鲜，不合时宜有时候恰恰就是好作家的标志，写《尤里西斯》

的乔伊斯一生都不得志，帕斯捷尔纳克的《日瓦戈医生》当时也不可能在苏俄出版。

据说沈从文是中国作家中最接近诺贝尔文学奖的人，事实上就算获得了这个奖项，也不可能给他带来什么真正的快乐。一个作家最大的幸福，是一吐为快，是把内心深处想写的东西写出来。只要这个愿望不能完成，只要写作的过程还没有结束，作家的良心就不可能获得安宁。奖励永远是外在的，有时候可能还会帮倒忙，如果在"文革"前，诺贝尔奖只会给沈从文带来帕斯捷尔纳克所遭遇的同样痛苦，成为"西方帝国主义"的反华工具，成为当时国家的"叛徒"。如果是"文革"后，又可能走向另一种极端，官拜高位，成为文坛的盟主。即使是没有得这个奖，风烛残年的沈从文最后也是苦尽甘来，享受到了"部级"待遇，配备了汽车和司机，所有这些，对于一个真正热爱写作的人来说，又有什么用呢。

沈从文此生最大的寂寞，是有一天突然发现自己不能再写了，他尝试着各种努力，有劲使不出来，最后只好壮士断臂忍痛放弃。好在他终于找到了一条退路，这就是文物研究，并在这方面取得了惊人成就。失之东隅，收之桑榆，对沈从文来说，不过是完成了另一件功德圆满的善事。沈从文的意义在于，他告诉我们一个人努力去做一件事，只要真努力了，就有可能做好。有时候想想，写小说真没什么大不了，用不着把它吹捧得太高太玄乎，小说说到底也就是小说。在给汪曾祺的信中，沈从文说拿破仑是伟人，我们只能羡慕，学不来，可是像雨果和托尔斯泰那样，想效法却不太难。

沈从文一生中遇到了两个好时代，前一个时代，是抗战爆发前的十年，这期间，他的小说从默默无闻，到炙手可热，报刊编辑和广大读者都十分期待他的文章。然后是生前的最后十年，也就是今天许多文化人怀念的二十世纪八十年代，这时候，他的小说从坟墓里爬出来，又一次重新获得了读者，获得了声誉，他开始成为标志性的经典人物。

二〇〇九年十月九日　河西

纪念师陀

　　一九八六年的春天，我在上海一条弄堂里东张西望，终于发现了要找的门牌号码。走进那套还算说得过去的老式房子，一位中年妇女打听了我的来路，突然大声地喊起了"老王"。我有些吃惊，那个叫老王的人应声出来，是一个瘦瘦的老人，带着迟疑的目光看我，等待我的下文。

　　我怔了一会，才明白过来这位就是自己要找的那个人，这就是曾经名噪一时的师陀。当然我知道师陀姓王，叫王长简，当年用得更多的是笔名"芦焚"，因为早已熟悉了师陀和芦焚，一下子真不会想到他也可以叫"老王"。

　　我的名片是某人孙子，虽然最不愿意这么介绍自己，但是中间人打过招呼，事前有约，我只要一报出名字，说明出处，师陀便立刻知道我是谁了。当时他也已经七十六岁，可是在习惯上，我还并不觉得他有多老，年龄大小向来都是比较，我的祖父已九十二岁，仍然健在，因此在刚开始的对话中，主要是他热情洋溢地表达对祖父的问候。

这是我心情十分矛盾的一年，眼看着研究生就要毕业，前程基本确定，准备去当小编辑。转眼三十岁了，已婚，有个女儿，功名全无，经济窘迫而且住房太小，福利很好的出版社对我明摆着是个诱惑。然而利益总伴随着弊端，这显然不是个适合本人的选择，我很想继续读书，虽然不是看中博士头衔，不过既然在学院里混过，最后不拿到这么一个玩意，总有功德不够圆满的遗憾。如果再读三年书，起码外语可以更上一层楼，当时的英语阅读水平已很说得过去，是标准的死记硬背，肚子里装了差不多五千个单词，吃那么多苦，结果始乱终弃，说放手就放手，真对不起自己的努力。

还没有正式进出版社，我已开始为未来的老板打工，此次去上海的目的，就是想找些老家伙，让他们为即将创刊的一份刊物写点稿子。师陀说他很高兴能见到我，但是要说写稿子，怕是力不从心，他已经老了。像很多年轻编辑一样，我没有觉得自己的行为有多少冒昧，爱屋及乌，因为喜欢师陀的文章，喜欢他的文笔，向他求稿仿佛是在给人家面子。

已记不清与师陀都说了些什么，我看过他的大部分作品，说起来头头是道，这足以让他吃惊。我并不是个高调的人，有时候说着说着，也会不知天高地厚。不过那天确实让师陀很高兴，我告诉他，自己做过一种文本比较，发现许多现代作家重改旧作，越改越糟，然而他的《无望村的馆主》，却无疑是个改好的范例，结尾处改得尤其精彩，已经很有现代派小说的意味。我的一番话似乎搔到痒处，他觉得我很像个内行，几乎对我立刻刮目相看。

在现代文学史上，师陀应该算是一个幸运作家。他开始写作的时候，五四一代小说家功成名就，写作状态已呈现出明显的下滑之势。这时候，正是文坛最需要新生力量的关口，谁在这个时刻脱颖而出，谁就最容易引起大众注意。一九三七年五月，师陀的第一部小说集《谷》获《大公报》文艺奖金，同时得奖的还有曹禺的剧本《日出》，还有何其芳的散文集《画梦录》。曹禺因为《雷雨》成名，此次得奖是锦上添花，何其芳不久去了延安，文风大变，只有创作力旺盛的师陀，成了文坛注目的新名家。

当时的师陀只有二十多岁，《谷》是第一部小说集，然而得奖的时候，他在短短的一两年，又连续出版了《里门拾记》《落日光》《野鸟集》，共三部小说集，还有两本散文集《黄花苔》和《江湖集》。那时候的师陀还叫芦焚，按照他的解释，是英文"暴徒"的音译，是愤怒出诗人的意思。不过说老实话，读他早期的作品并不能感受到太多革命元素，如果不是在创作谈中言及，我更愿意说师陀最初只是个艺术至上主义者。李健吾的评价最为中肯，说他"把情感给了景色，却把憎恨给了人物"，又说"诗是他的衣饰，讽刺是他的皮肉，而人类的同情者，这基本的基本，才是他的心"。

不难想象当初的师陀是如何春风得意，巴金很看好他的文章，为他编辑了第一本书。除了李健吾，为他写书评的还有杨刚，后来的人民日报社副总编辑，是热情鼓吹。还有王任叔，后来的人民文学出版社社长兼党委书记，是批评，腔调很左地进行挑剔。还有孟实，即后来的美学家朱光潜。还有李广田，也是一名不错的作家，后来当过云南大学校长。师陀开始引人注目，很轻易地就成名了，转眼之间，已成为当时被大家最看好的青年作家。

我很羡慕师陀当年的走红，那时候，正是我的小说到处被退稿的年头，别人的幸运恰好衬托出自己的不幸。当然这也与他小说确实写得不错有关，作为一名作家，年纪轻轻就走红并不罕见，难得的是与同时期写作者相比，他的小说更能禁得起时间考验。当时写的今天没办法再读的文字实在太多，我常常会想不明白，为什么那样的作品，在那个时代竟然会被大家接受，竟然会一致叫好，而师陀恰恰是现代文学史上不多的名副其实的好小说家之一。

师陀显然是个爱惜自己名誉的人，他的走红与"芦焚"两个字不能分开，这是他亲自取的笔名，成名之作都是用的这个。但是最后仍然决定改名，另起炉灶，理由是别人冒充他的笔名写了文章，冒充者不仅有汪伪汉奸，还有国民党特务，更有甚者，是有人用这个笔名玩弄女人。这里面很有一些掌故，不过，冒名的故事只是由头，更为重要的两个原因，首先"芦焚"这两字太怪，太愤青，有些乖戾，与个人习性不相符合，师陀觉得他是个"平凡而又平凡的人"，将这笔名与自己拉在一块不般配。其次是与左翼作家的嘴仗，王任叔批评在先，师陀还嘴在后，王又恶声再起，说"我们的芦焚是得过《大公报》文艺奖金的"，意指他仗着这个奖便骄傲起来，以名人自居，于是师陀很愤怒，执意不再用"芦焚"这个名字，并写了《致"芦焚"先生们》备案。王任叔后来在"文革"中被整死，师陀不愿重提旧事，再版新书时将有关文字统统删除。

师陀的文章中确实有些乖戾，这主要是在非虚构的文字中，他的小说通常朦胧，有什么话很少直着说，可是写序，写跋，写回忆文章，始终喜欢过度解释，而且非常政治化，与流行走得太近。他的脾气有些河南人的倔，睚眦必报，来自左的右的批评，都不肯买账，偏偏吵架又不是他的擅长，老实说，他这方面的文章，还真是有些失败。

师陀的好作品是那些既像小说又像散文的短篇，打破小说与散文的界限，模糊虚构与纪实，这正是他的用力之所在。可惜在这方面走得不是很远，很快就爆发了抗战，他蛰居在上海租界，勉为其难地写着，创造力明显打折，向上的势头立刻被遏止。抗战胜利前后，他的创作一度又开始繁荣，几乎一年一部长篇，譬如《结婚》，譬如《马兰》，又譬如《历史无情》。前两本他自称是写于抗战后期，正式出版却是在一九四七年和一九四八年，后一部更晚了，以一九四九年为坐标，算是当代作品也不为过。

让人津津乐道的是他的话剧剧本，雅俗共赏，先有《大马戏团》，接着与柯灵一起改编《夜店》，都是大红大紫，风行一时，用今天的话说，师陀一度是上海滩最有号召力的剧作家。因为这个缘故，他在电影厂和电影剧本创作所当过相当长时间的职业编剧。师陀还当过上海出版公司的总编辑，时间不长，然后就成了作协的专业作家。解放后的许多年，他曾不断地努力，鉴于时代原因，和同时期大多数老作家一样，除了润色旧作，并没有什么太惊人的新东西。值得一提的是，在老作家中，师陀应该属于最年轻的一批，一九四九年，他只有三十九岁。

师陀对《金瓶梅》的作者有着浓厚兴趣，用他自己的话说，"由于国家的利益第一，党的利益第一"，主动放弃了这个研究。不过他显然熟读了这部书，兴趣一直不减，"四人帮"粉碎后，谈及个人写作规划，师陀表示要研究《金瓶梅》，引起众人的一阵冷笑。这让他感到非常愤怒。早在一九五八年，他就提过这个研究计划，当时并没有人觉得可笑，过了二十多年，思想解放了，却会这样。

当然，最后也没得出什么结论，师陀并没有告诉我们《金瓶梅词话》的作者究竟是谁。

二〇〇九年十月五日　南山

与南京
有关

传统的南京人，
永远是一群会享受的人。

路曼曼其修远兮

"路曼曼其修远兮，吾将上下而求索。"这句话，很多有志向的年轻人都喜欢写下来，镶在镜框里，挂在墙上激励自己。这里的路，自然是指前面的路，人活着，就得往前看。前途光明，然而光明并不等于一帆风顺。路是人一步一步走出来的，是道路就一定曲折。人活着，不能总往前看，身后有余忘缩手，眼前无路想回头，有时候，未必就真是走投无路，人们也不妨歇下脚来，回头看看自己走过的足迹。

在与南京有关的老照片中，我所见最古老的一组，摄于一八八八年。不看文字介绍，还真不明白怎么一回事。就说那张鼓楼旧影，拍摄者大约是站在今日的珠江路口，架着老式的三脚架，忙乱了好半天，才为后人留下这一珍贵的历史镜头。显然是个外国人，因为一百多年前，摄影这门技术，也只有洋鬼子才能掌握。照片上的历史，有时胜过一大堆洋洋洒洒的文字，不过一百年出头一些，当时南京鼓楼一带，竟然如此荒凉。时至今日，谁都知道从鼓楼到新街口这一段的中山路，是南京最繁华的一段，它的繁华已经很有些年头，这里是北京的王府井大街，是上海的南京路。

我感兴趣的，是从鼓楼门洞里穿过的那条石板路，这条昔日的交通要道，远远地从江边过来，曲曲弯弯，细细长长，把城南和城北连成了一片。这样的石板路最适合人走，想当年，古城南京到处都是这样的路。据《白下琐言》记载：

从石城门至通济门，长街数里，铺石皆方整而厚……今被车牛碾之破损，良为可惜。

始建于明洪武年间的石板路，熬到十九世纪末，已经变得破烂不堪，这一点，从任何一张关于南京的老照片上，都能隐约窥见一斑。这样的石板路，在某种意义上，是旧中国的缩影。在城市建设中，它是盛极一时的象征，也是落伍的见证。到了一八九四年，也就是中日甲午海战那年，当时的两江总督张之洞突然心血来潮，下决心修一条马路。

新修的马路从江边起，穿下关码头，由仪凤门即现在的兴中门入城，沿旧石板路，一路拓宽，浩浩荡荡，终于到了鼓楼这里；然后拐弯向东，从北极阁山脚下，经过总督署，也就是民国时期的总统府，蜿蜒向东南，一直到达通济门。这是南京历史上的第一条马路，并不宽，宽的地方不过三十英尺，仅可行走人力车和马车，而且不是今天常见的柏油路。

南京的路，随着洋务运动蓬勃发展起来。路从来就是现代化的标志之一。众所周知，南京的繁华，向来是集中在城南的秦淮河一带，鼓楼已经是这个城市的北郊。在清朝末年，位于更北面的南京下关码头，已成为重要的通商口岸，江边的惠民河里，停泊着大大小小的商船，由于惠民河和秦淮河相通，各种货物必须从这里源源不断地送往城南。城市交通中的水路，逐渐被陆路替代，这是一个谁也不能改变的现实，秦淮河在南京的交通史上，有着十分重要的地位，然而时过境迁，坐船太慢，而且深受限制，不改变已经不行。人们想在市内流动，穷人靠自己的脚走，有钱的就坐轿子，坐马车，坐人力车。河运已经严重落伍，通往市区的道路，突然之间，变得十分重要。

我感到非常遗憾的，是作为南京市内重要特色之一的小火车，再也见不到了。这条铁路建于一九○七年，成本极其低廉，仅花了四十万两银子，用的时间也不多，只有一年又两个月，因为铁轨比一般的火车略窄，市民习惯称其为"小火车"。南京的小火车，一共营运了五十年。开始时有七个站，沿途有白下路，是今天长白街那一段的白下路，自然已经是城南。然后督署衙门，也就是民国时期的国府，俗称总统府。再下来的一站，是无量庵，也就是今天的大钟亭那里，据说现在还有一个地名叫"车站路"，这一站跨得很远，中间经过了东南大学，经过北极阁，经过鼓楼。然后丁家桥，然后三牌楼，然后是下关，下关应该说已是终点，然而又拐了一个弯，设了一站叫江口。说来很可笑，当时建造这条铁路时，很重要的一个目的，就是为督署衙门运水，总督大人要喝江水，没有自来水，就天天派车去江边打水。在江边，至今仍有"龙头房"这一地名。总督大人的手实在太长了，他要拧的自来水龙头，竟然有十几里路远。

　　真不该低估了小铁路对南京市民的福祉，它的作用几乎相当于地铁，虽然看上去貌不惊人，像只难看的丑小鸭，可是它作为市内交通工具，实实在在地给南京的老百姓带来了极大的方便，成为坐不起马车和人力车的穷人的福音。

便宜而且实用，是城市交通的第一要素。废除这段铁路是个巨大的失误，首先，它和南京今天最主要的交通线中山大道，起点一样，却完全不重复，走的是两条路。由于铁路的拆除，两侧的繁华便没有来得及建立起来。只要仔细研究南京的地图，就能发现今日南京的繁华，其实是随着中山大道发展的，它所经过的区域，逐渐成为南京的黄金地段，这样的黄金地段，完全有可能因为有市内铁路的存在，由一条线变成两条线。

世界上很多著名的城市，都没有拆除市区的铁路，它们不仅保留了铁路，还保存着有轨或无轨电车。当城市交通堵塞和环境污染这些问题姗姗来迟的时候，南京市内的铁路已经不复存在。也许在决策者的眼中，火车应该在乡村的田野上撒野，而沿途居住的老百姓，也为它飞奔时发出的巨响感到不耐烦。小火车一度的确成为城市中的怪物，它经过时，交叉路口的行人便要中断好几分钟。简单的解决方法便是拆除铁轨，大家似乎并没有意识到它潜在的价值。市内铁路巨大的承载能力，自从建成以后，就没有充分发挥出来，根据历史记载，这条铁路发挥最大的作用，只是著名的南京保卫战时的调兵遣将，输送军火。

对于事实上并不如何发达的南京来说，一条市内铁路显得有些提前，由于中山大道的建成，市内交通多年来并没有什么太大压力，市区内的铁路，很长一段时间内，都显得不伦不类，更多的时候是闲置在那里。它的班次太少，一天中运行不了几趟。它的站距太远，不妨计算一个今天的31路公共汽车，行驶路线和距离大致相近，然而31路车多达十五个车站，几乎是它的两倍。南京市内的小火车最终惨遭淘汰，说白了，不是因为它过时，陈旧不堪，而是因为它来得提前了一些，缺少科学的经营管理。

南京这样的中等城市，在过去，交通不是大问题。南京的马路在全国曾经首屈一指，甚至在世界上也一度名列前茅。大家预见不到后来会堵车，会突然发现必须要砍树，要蛮不讲理地把道路拓宽再拓宽。原有的铁路早就没有踪影，想一步到位发展地铁，经济实力又受到限制。早知今日，何必当初，如果旧的铁路还在，完全可以改造成一条新型的交通线，换上新式的机车，新的防震性能极好的铁轨，增加车站。这样的市内交通，再也不是乡间火车的概念，而是一个巨大的市内交通传送纽带，是现成的公交专用线，它不停地运转着，仿佛城市中的大动脉，源源不断地把人们送到自己想去的地方。市内铁路将成为古城南京的一大景观，铁轨两侧可以拓宽，走汽车，就像香港街头和许多欧洲城市中常见到的一幕，有轨电车缓缓开过，看上去十分古老，但是实际上非常现代，因为这样的城市到处都涌现出历史的感觉。

路是城市的脉络，要想了解一个城市的历史，最好的办法，就是对道路的演变进行考察。道路发展了，一个城市的面貌，必然随着改变。路变了，人也会跟着改变。南京城市的设计者，曾经是非常地有眼光。除了市内铁路之外，还修建了今天仍引以为自豪的中山大道，即今天的中山北路、中山路、中山南路和中山东路。那些记忆中充满温馨的林荫大道，曾给古城南京带来了巨大的荣耀。人们一提起南京，首先想到这里第一流的绿化，而绿化的突出标志，便是栽在中山大道两侧和街中绿岛上的梧桐。天知道南京一共有过多少棵梧桐树，很多地段都是以每排六棵树的队形，整齐地向前延伸，一出去就是十几里，遮天蔽日。这是国内任何城市都不曾有过的奢侈和豪华。

熟悉历史的人都知道，南京的道路发展，和为国父孙中山先生举行的"奉安大典"有关。奉安大典只是一个借口，有了这个堂而皇之的借口，中山大道应运而生。中山大道全长一万多米，比当时号称世界第一长街的纽约第五大街还长两英里，然而其修建并不容易。一九二五年，孙中山在北京病逝，这时候，还是北洋军阀时代，国民党只是在野党，只能根据总理的遗愿，在紫金山为孙中山修一个墓。修墓历经艰辛，靠大家的捐款，修了好多年，一直到一九二九年，国民党已经得了天下，一期二期工程才勉强完工。定都南京的国民政府声势浩大地将孙中山先生安葬了，其庞大的扫尾工作，直到一九三二年一月，即孙中山先生安葬在中山陵之后的第三年，才全面结束。

奉安大典，原定在孙中山逝世后两周年的纪念日进行，即一九二七年的三月十二日。在一九二六年的三月十二日的奠基仪式上，葬事筹备处主任干事杨杏佛当众宣布，一年后工程完成，即行移棺安葬。结果安葬的日期，由于工程迟迟不能完工，一再延期，直拖到四年以后的六月一日，才将孙中山灵榇从北京迎回南京。说起来让人都不敢相信，全长十二公里，实际上只花了九个月的时间便匆匆建成的中山大道，在原计划中并不存在，中山大道是借题发挥的产物。

说穿了，还是因为国民党得了天下，南京成为民国的首都。近水楼台先得月，南京的市政当局，果断地抓住城市建设千载难逢的机遇。机会来之不易，来之不易的机会一定不能放过。市政当局决定利用迎接先总理灵榇的机会，把南京的道路状况彻底改善一下。当然有一些急就章，而且还带些蛮干，说上就上，雷厉风行。南京的大路，似乎注定和下关有关。这一次又是从江边开始，洋洋洒洒，从南京的西北角，画了一道大斜线，一直修到了位于城东的紫金山下。

中山大道一下子彻底改变了南京的面貌。这是一次决定城市命运的大举措，它带来了无尽的好处，然而也给当时的南京老百姓带来很多痛苦。由于任务重，时间急，许多细节问题，没有得到妥善解决，修路经过之地，很多住家和店铺被强行拆迁，有的人没地方可去，于是就风餐露宿。市民组织了请愿团，静坐游行示威，以孙中山先生的民生思想为武器，斥责市政当局只知道修路，不顾老百姓的死活。当时的南京特别市市长刘纪文是个铁腕人物，他知道既然是修路，靠婆婆妈妈绝对不行，要来就来硬的，亲自带人到现场督拆房屋。他不怕得罪人，也以孙中山先生的遗训为盾牌，进行辩护，说发达首都市政，先在兴筑大道，"实秉总理遗志"，目的是为"建设艺术化之新南京"。

想当初，现代化的推土机，这种刚刚从西方引进的庞然大物，将成片的房屋无情地推倒之际，正是赛珍珠躲在南京撰写《大地》之时。这位因为《大地》一书获得诺贝尔奖的美国女作家，曾对南京市政当局的野蛮行为，表示过强烈的不满和抗议，她觉得不管什么样的政府，让老百姓过上太平日子，享受幸福的生活，这才是最重要的。她觉得新成立的国民政府，根本就不应该劳民伤财，陷市民于水深火热之中。几年以后，赛珍珠不得不承认，南京的改造是成功的，修路造福于南京市民，已成为一个明显的事实。

另一位作家爱泼斯坦，曾在他的著作中写下自己的见闻，他把当时的南京，比喻成一座带有普鲁士色彩的官府，比喻成一个气势非凡的新首都。在这位作家的眼里，南京在战前更像是一座西方的城市，它一下子前进了许多年，和世界上许多强国的首都相比，丝毫不逊色。艺术化几个字，在当时，还真不能算是瞎说，眼见为实，事实胜于雄辩，为了修路，老百姓咬紧牙关吃了些苦，受了些罪，然而此次修路的甜头，直到今天还在滋润着南京人。

先是有了大路，然后才有路边的树，种了树，后人才能乘凉。不能不说当年修建中山大道，是有眼光的大手笔，是为父母官的德政。当时市政当局的远见，实在应该为后来的领导干部所效仿。只要思路正确，改变一个城市的面貌，有时候是指日可待。中山大道彻底改变了南京，此后许多年，南京的道路状况，在国内一直处于领先。到了九十年代的今天，虽然很多高大的梧桐树，令人心痛地被砍去了，但是瘦死的骆驼比马大，就算是砍了那么多的树，似乎还找不到几个城市的绿化，能和南京相媲美。

话题仍然回到前面提到过的市内小铁路上，如果这条铁路还在，和中山大道共同成为城市交通的主干道，经过现代化改造和科学管理，配备与之交叉的立交桥，南京今日的交通，也许就是另一副模样，不仅畅通无阻，而且还能最大限度地保留住树木，保留住古城特有的品质。如果是那样，南京城的绿化依旧，看上去既带有古典意味和浪漫情调，让人赏心悦目，让人仿佛置身于一座城市的绿岛上，又同时是一座十分完善的现代化城市，车水马龙，有条不紊，一点也见不到落后的痕迹。如果再有些远见的话，现在就把地铁线路规划好，在适当的时候，凑足了经费，再配备上地铁，人们在这座城市中的流动，将变得更方便更快捷。

如果这样，南京这样的城市将变得独一无二。国际化大都市这样的字眼，让北京和上海们去享受吧，南京将成为一个优美典雅的城市，这个城市以人的舒适和温馨为第一位，就像中山大道开始动工时，南京那位固执的市长说过的一样，这个城市已不是水泥森林，它将成为一件"艺术品"。

一九九八年一月十三日

南京的吃

一

在我的周围，聚集着一大帮定居南京，却并非在这里长大的准南京人。他们都是因为自己的出息和能耐，从全国各地尤其是江苏各地到南京来定居，成为南京的荣誉公民。他们谈到吃，谈到南京的吃，无不义愤填膺，无不嗤之以鼻。南京的吃，在这些南京的外地人眼里，十分糟糕。

作为土生土长的南京人，我感到害臊。我不是一个善辩的人，而且实事求是地说，南京现在的吃，实在不怎么样。事实总是胜于雄辩，我也没必要打肿脸充胖子，硬跳出来，为南京的吃辩护。承认也好，不承认也好，反正南京的吃，从来也没有像现在这么差劲、这么昂贵、这么不值得一提。记忆中南京的吃，完全不应该是现在这样。

今年暮春，有机会去苏北的高邮，自然要品味当地的美食佳肴。八年前，高邮的吃，仿佛汪曾祺先生的小说，曾给我留下了深刻的印象。在此之前，给我留下深刻印象的，是扬州的吃。当时的印象，扬州人比南京人会吃，高邮人又比扬州人会吃。就是到了今日，我这种观点仍然不变。然而感到遗憾的是，今天的高邮和往日相比，也就隔了这么短短的几年，水准已经下降了许多，而扬州更糟糕。

高邮只是扬州下属的一个小县城，扬州似乎又归南京管辖，于是一个极简单的结论就得出来，这就是越往下走，离大城市越远，越讲究吃。换句话说，越往小地方去，好吃的东西就越多，品尝美味的可能性就越大。这种简单化的结论，肯定会得到城市沙文主义者的抨击，首先南京人自己就不会认同，比南京大的城市也不愿意答应。北京人是不会服气的，尽管北京的吃的确比南京还糟糕，在南京请北京的朋友上馆子，他们很少会对南京的菜肴进行挑剔，但是指着北京人的鼻子硬说他不懂得吃，他非跟你急不可。至于上海人和广州人，他们本来就比今天的南京人会吃，跟他们说这个道理，那是找不自在。

还是换一个角度来谈吃。城市越大，越容易丧失掉优秀的吃的传统。吃首先应该是一个传统，没有这个传统无从谈吃，没有这个传统也不可能会有品位。吃不仅仅是为了尝鲜，吃还可以怀旧。广州人和上海人没必要跟南京人赌气，比谁更讲究吃、更懂得吃的真谛。他们应该跟过去的老广州和老上海相比较。虽然现在的馆子越来越多，越来越豪华，可是我们不得不老老实实地承认，我们吃的水平越来越糟糕。我们正面临着一个吃的水平普遍退化的问题。

历史上南京的吃，绝不比扬州逊色，同样扬州也绝不会比高邮差。这些年出现的这种水平颠倒，最重要的原因，是大城市们以太快的速度，火烧火燎地丧失了在吃方面的优秀传统。城门失火，殃及池鱼，用不了太久，在小城市里怕是也很难吃到什么好东西了。

二

说南京人不讲究吃，真是冤枉南京人。当年夫子庙的一家茶楼上，迎面壁上有一副对联：

近夫子之居，食不厌精，脍不厌细；
傍秦淮左岸，与花长好，与月同圆。

这副对联非常传神地写出了南京人的闲适，也形象地找到了南京人没出息的根源。传统的南京人，永远是一群会享受的人。这种享乐之风造就了六朝金粉，促进了秦淮河文化的繁荣，自然也附带了一次次的亡国。唐朝杜牧只是在"夜泊秦淮近酒家"之后，才会有感歌女"隔江犹唱后庭花"。《儒林外史》中记载，秦淮两岸酒家昼夜经营，"每天五鼓开张营业，直至夜晚三更方才停止"。由此可见，只要是没什么战乱，南京人口袋里只要有些钱，一个个都是能吃会喝的好手。在那些歌舞升平的日子里，南京酒肆林立，食店栉比。实在是馋嘴人的天下。难怪清朝的袁枚写诗之余，会在这里一本正经地撰写"随园食单"。

南京人在历史上真是太讲究吃了。会吃在六朝古都这块地盘上，从来就是一件雅事和乐事。饕餮之徒，谈起吃的掌故，如数家珍。这种对吃持一种玩赏态度的传统，直到解放后，仍然被顽强地保持着。南京大学中文系的名教授胡小石先生，就是著名的美食家，多少年来，南京大三元、六华春的招牌都是他老人家的手笔。胡先生是近代名闻遐迩的大学者大书家，可是因为他老人家嘴馋，那些开饭馆酒家的老板，只要把菜做好做绝，想得到胡先生的字并不难。

过去的名人往往以会吃为自豪。譬如"胡先生豆腐"，据说就是因为胡小石先生爱吃，而成为店家招揽顾客的拿手菜。南京吃的传统，好就好在兼收并蓄，爱创新而不守旧，爱尝新又爱怀古，对各地的名菜佳肴，都能品味，都能得其意而忘其形。因此南京才是真正应该出博大精深的美食家的地方。南京人不像四川湖南等地人那样固执，没有辣就没有胃口，也不像苏南人那样，有了辣就没办法下筷。南京人深得中庸之道，在品滋味时，没有地方主义思想作怪。南京人总是非常虚心、非常认真地琢磨每一道名菜的真实含义。要吃就吃出个名堂来，要吃就吃出品位。南京人难免附庸风雅的嫌疑，太爱尝鲜，太爱吃没吃过的，太爱吃名气大的，一句话，南京人嘴馋，馋得十分纯粹。

　　南京曾是食客的天下，那些老饕们总是找各种名目，狠狠地大撮一顿。湘人谭延闿在南京当行政院长时，曾以一百二十元一席的粤菜，往六首山致祭清道人李瑞清。醉翁之意不在酒，谭延闿设豪筵祭清道人，与祭者当然都是诗人名士加上馋嘴，此项活动的高潮不是祭，而是祭过之后的活人大饱口福。当时一石米也不过八块钱。一百二十元一桌的酒席如何了得！都是一些能吃会吃的食客，其场面何等壮观。清道人李瑞清是胡小石的恩师，清末民初，学术界教育界无不知清道人之名，其书法作品更是声振海

126

内外。有趣的是，清道人不仅是饱学之士，而且是著名的馋嘴，非常会吃能吃，且能亲自下厨，因此他调教出来的徒子徒孙，一个个也都是饱学而兼馋嘴之士，譬如胡小石先生。我生也晚，虽然在胡先生执教的中文系读了七年书，无缘见到胡先生，却有缘和胡的弟子吴伯匋教授一起上过馆子。吴不仅在戏曲研究方面很有成就，也是我有幸见过的最会吃的老先生。

历史上的南京，可以找到许多像清道人这样的"雅皮士"。在南京，会吃不是丢人的事情，相反，不会吃，反而显得没情调。据说蒋介石就不怎么会吃，我曾听一位侍候过他的老人说过，蒋因为牙不好，只爱吃软烂的食物，他喜欢吃的菜中，只有宁波"大汤黄鱼"有些品位。与蒋相比，汪精卫便有情趣得多。譬如马祥兴的名菜"美人肝"就曾深得汪的喜爱，汪在南京当大汉奸的时候，常深更半夜以荣宝斋小笺，自书"汪公馆点菜，军警一律放行"字样，派汽车去买"美人肝"回来大快朵颐。

其实"美人肝"本身并不是什么了不得的东西，只是鸭子的胰脏，南京的土语叫"胰子白"。在传统的清真菜中，这玩意一直派不上什么用场，可是马祥兴的名厨化腐朽为神奇，使这道菜大放异彩，一跃为名菜之冠。当然，"美人肝"的制作绝非易事，不说一鸭一胰，做一小盘得四五十只鸭子，就说那火候，就讲究得不能再讲究，火候不足软而不酥，火候太过皮而不嫩，能把这道菜同候好的，非名厨不可。

三

如果仅仅以为南京的吃，在历史上，只是为那些名人大腕服务，就大错特错。名人常常只能是带一个头，煽风点火推波助澜，人民群众才是真正推动历史的动力。南京的吃，所以值得写一写，不是因为有几位名人会吃，而是因为南京这地方有广泛的会吃的群众基础。民以食为天，饮食文化，只有在普及的基础上，才可能提高，只有得到人民群众的积极参与，才会发展。南京的吃，在历史上所以能辉煌，究其根本，是因为有人能认真地做，有人能认真地吃。天底下怕就怕"认真"二字。

一般人概念中，吃总是在闹市，其实这是一个大大的误会。今日闹市的吃，和过去相比，错就错在吃已经沦为一种附带的东西。吃已经不仅仅是吃了。吃不是人们来到闹市的首要目的。吃变得越来越不纯粹，这是人们的美食水准大大下降的重要原因。繁忙的闹市中，当人们为购物已经精疲力竭的时候，最理想的食物，是最简单省事的快餐，因此快餐文化很快风行起来。

吃不纯粹还表现在太多的请客，无论是公款请客，还是个人掏腰包放血，吃本身都退居到第二位。出于各种目的的请客，已经使得上馆子失去了审美的趣味。吃成了交际的手段，成为一种别有用心的投资和回报，吃因此也变得庸俗不堪。吃不纯粹造成了一系列的恶性循环，消费者不是为了吃而破费，经营者也就没必要在吃上面痛下功夫，于是不得不光想着如何赚钱。

马祥兴是在一九五八年以后，才从偏僻的中华门外迁往今日的闹市鼓楼的。它的黄金时代，大有一去不复返之势。人们感到疑惑不解的，是它并不因为迁居闹市后，就再造昔日的辉煌。马祥兴现在已经很难成为话题，天天有那么多的人从它身边走过，但是人们甚至都懒得看它一眼。世态炎凉，此一时，彼一时，往事真不堪回首。

想当年的马祥兴，酒香不怕巷子深，也没有什么了不得的装潢，也不成天在报纸上做广告，生意却始终那么火爆。到这里来享受的，不仅仅有那些达官贵人，身着短衫的贩夫走卒也坐在这里，和显赫们一样一杯接一杯地喝酒。人们大老远地到这里来，目的非常纯粹，是想吃和爱吃，就冲着马祥兴的牌子，就为了来这里吃蛋烧卖，就为了来这里吃凤尾虾、吃烩鸭舌掌。"美人肝"贵了些，不吃也罢。

南京吃的价格，从来没有像今天这么昂贵，这么不合理。南京今天的餐饮费绝对高于广州和上海，而南京人的收入，却远不能和这两个地方的人相比。想当年，大三元的红烧鲍翅，只卖两元五角，陈皮鸭掌更便宜，只要八角。抗战前夕的新街口附近的瘦西湖食堂，四冷盘四热炒五大件的一桌宴席，才五元钱。人们去奇芳阁喝茶、聊天，肚子饿了，花五分钱就可以吃一份干丝，花七分钱可以吃大碗面条。卖酱牛肉的，带着小刀砧板，切了极薄的片，用新摘下来的荷叶托着递给你，那价格便宜得简直不值一提。

就是在七十年代末八十年代初，在四川酒家聚一聚，有个十块钱已经很过瘾。那时候的人，在吃之外，不像今天这样有许多别的消费，人们口袋里不多的钱，大啖一顿往往绰绰有余。吃于是变得严肃认真，既简单也很有品位，人们为了吃而吃，越吃越精。

今日之人，很难再为吃下过多的功夫。和过去比较，大家生活富裕了，吃似乎不再成为问题。不成问题，却又成了新的问题。今日的吃动辄吃装潢、吃档次、吃人情、吃公款、吃奖金、吃奇吃怪，唯一遗憾的就是吃不到滋味。但是人们上馆子终极的目的，还是应该为了吃滋味，否则南京的吃永远辉煌不了。事实上，南京今日的吃，已得到了狠狠的惩罚。我住在热闹的湖南路附近，晚上散步时，屡屡看见一排一排的馆子灯火辉煌，迎宾小姐脸色尴尬地站在门口，客人却见不到一位。如果开馆子的人，仅仅是想算计别人口袋里的钱，人们便可以毫不犹豫地拒绝。真以为南京人不懂得吃，实在太蠢了。

忘不了小时候的事。二十多年前，我住的那条巷口有卖小馄饨的，小小的一个门面，一大锅骨头汤，长年累月地在那煮着，那馄饨的滋味自然透鲜。当年南京这样普通却非常可口的小吃，真不知有多少，今天说起来都忍不住流口水。

南京的喝（上）

一

好几年前，天很热，一位美国朋友到南京来玩，我去火车站接他，他生得牛高马大，我们没费什么劲就互相认出了对方。美国朋友是中国通，他从香港过来，在南京待了一天多，对于外汇行情了如指掌。我请他谈对南京的印象，美国朋友想了想，指着正在喝的雪碧，笑着说："这个东西，在美国还没有流行。"

我感到有些奇怪，对美国朋友说，这饮料可是正宗的美国配方。美国朋友不加否认，但是他坚持说自己没喝过这玩意，并且知道它在美国也是新产品。那一年，正好是雪碧刚刚进入中国市场，"晶晶亮，透心凉"，很多小孩都知道这广告词。美国人做起餐饮业生意真厉害，我遇到很多人都和我一样，不喜欢肯德基和麦当劳，可是不得不乖乖地陪女儿一次次去花冤枉钱。同样的情况，我也不爱喝雪碧，当时不喜欢，现在仍然不喜欢，很多熟悉的朋友也不喜欢，但是丝毫不能妨碍美国佬肆无忌惮地赚钱。也许是南京正好有一家合资公司的缘故，反正淳朴的南京人好哄易骗，广告铺天盖地，于是便整箱整箱地往家里搬这种饮料，因为各单位都发了疯似的去批发。

"饮料"这个词，其实也是近些年才风行起来，名目繁多，似乎已经没什么东西，不能被称之为饮料，只要敢往易拉罐里装，只要说有营养价值，只要说能滋阴壮阳。传统的中国人，提到"喝"这个词，不外乎茶和酒。南京是一个消费城市，不仅讲究吃，当然也讲究喝。历史上南京人喝茶喝酒，都是行家好手，南京人的舌头，一点也不比别的地方的人差。虽然南京本地并不盛产茶，也不擅长酿酒，可是南京人喝的品位，并不低。

俗话说，高山出名茶。南京周围有些山，都是小丘陵，不具备出第一流好茶叶的条件。南京要出至多也是会出一些能喝茶的人。高山出名茶的原因，在于人迹罕至，没有污染。在南京周围没有污染不可能，但是南京确实出了一种名茶，这就是价格不菲的"雨花茶"。二十年前，我在一家工厂当小工人，一个青工悄悄告诉我，雨花茶就是他父亲研制的，有一次我去他家，品尝了最正宗的雨花茶，真是神品，以后喝过无数次冠名为雨花茶的茶，没有一次有那味。

我不太清楚事实是否真如那个青工所说的那样。从没有见过这样的文字记载，我见到的说法完全不一样。一本书上说雨花茶是集体研制的，而且是为了纪念在雨花台前殉难的革命烈士。它的形状像松针，象征着革命志士的坚贞不屈、万古常青。这不能不使人产生一些怀疑。我不太相信集体研制这种说法，纪念之说也太勉强、太口号了一些。好茶就是好茶。我的父亲被打成右派以后，他写的许多剧本都被称为"集体创作"，作为儿子却知道，所谓集体创作，完全是父亲一个字一个字苦出来的。由此及彼，我因此有充分的理由相信，那个青工的父亲也和我父亲一样，只是一个不适合署名的人。事实也是如此，记得我在那个青工家品味雨花茶的时候，他的父亲被关押了许多年，刚从监狱里放出来。

雨花茶的品位过高了一些，它是精品中的精品，精得让一般人消受不了。雨花茶的价格，在一开始就居高不下，就缺少为人民服务的可能性，老百姓很少有机会品味到真正的雨花茶。雨花茶成了一种大家舍不得喝的贵重礼物，送过来送过去，最终往往是落到不会喝茶的人手上。曾经有人很认真地邀请我去他那里喝隔了一年的雨花茶，好的绿茶要尝鲜，隔了一年还有什么意思，真是暴殄天物，让人有林妹妹错嫁给了伧夫的感叹。

二

就像南京的吃越来越走下坡路一样，南京人品茶，也是一年不如一年，一代不如一代。南京的老茶馆，今天说起来，恍如隔世。据史书记载，当年的南京城，几乎每一条街都有茶馆。在一九三五年，南京的茶馆有近三百家，那时候没有电视，报纸也不像今天这么多，出得这么快，各种新闻和小道消息，都在茶馆里集中和流传。人们产生了什么纠纷，往往也到茶馆由亲朋或中间人调停，于是茶馆又成了息事宁人之地。张恨水《碗底有沧桑》一文，记载了半个世纪以前南京茶馆的盛况：

> 无论你去得多么早，这茶楼上下，已是人声哄哄，高朋满座。我大概到的时候，是八点钟前，七点钟后，那一二班吃茶的人，已经过瘾走了。这里面有公务员

与商人，并未因此而误了他的工作，这是南京人吃茶的可取点。

……

过来一位茶博士，风卷残云，把这些东西搬了走，肩上抽下一条抹布，立刻将桌面扫荡干净。他左手抱了一叠茶碗，还连盖带茶托，右手提了把大锡壶来。碗分散在各人前，开水冲下去，一阵热气，送进一阵茶香，立刻将碗盖上，这是趣味的开始。桌子周围有的是长板凳方几子，随便拖了来坐，就是很少靠背椅，躺椅是绝对没有。这是老板整你，让你不敢太舒服而忘返了。你若是个老主顾，茶博士把你每天所喝的那把壶送过来，另找一个杯子，这壶完全是你所有。无论是素的、彩花的、瓜式的、马蹄式的，甚至缺了口用铜包着的，绝对不卖给第二个人。

南京人其实什么茶都吃，什么茶都吃不腻味不挑剔。南京人在喝茶上也充分体现出自己融会贯通的个性。既然自己的这块风水宝地不产什么茶，那么只好看着有什么吃什么，想吃什么吃什么。一个会吃茶的茶客，从来就不会死盯着一种茶喝。不同的季节喝不同的茶，不同的场合喝不同的茶，这是喝茶的基本规则。新茶上市，讲究的是尝鲜。天热了，不妨喝一些带烟火气的六安瓜片解暑。大冬天，又可以喝一些祁门红茶暖胃。江苏的洞庭碧螺春爱喝，浙江的狮峰龙井爱喝，安徽的黄山毛峰和江西的庐山云雾，也爱喝，还有福建茶、云南茶、四川茶，都能喝。不同的茶，有不同的品味。南京人喝茶，讲究把各种茶的滋味喝出来，光有钱喝高级茶，喝了一两种名茶就鄙视别的茶，算不上是会吃茶的高人。

现代的工艺，使得生产茶的技术大大地向前迈了一步。譬如茶再也用不着煮了，人们在制作的过程中，已经把茶汁糅到了叶片的表面，经过干燥以后的茶叶，只要用水一泡，香味就可以溢出来。这种工艺上的革命，为饮茶带来了最大方便，却失去了古人煮茶的雅趣。喝茶之乐，有时候就在于围炉小坐。喝茶应该是一个过程，不妨有一道道的程序，麻烦是乐趣的前提。同样的道理是热水瓶的发明，过去人们所以喜欢去茶馆喝茶，原因之一就是有源源不断的热水供应。在今天，热水瓶代替了跑堂的茶博士，喝茶的确是越来越方便了，但是那种因为麻烦而带来的乐趣，也不复存在。

三

　　方便并不绝对是好事。南京的茶叶店越来越少，价格越来越贵，名副其实的名茶成为罕见之物。现在有那种雅兴，去店里买一两好茶叶，叫上几位懂行的好朋友，为喝茶而喝茶、为品味而品味的人已经很少。大家再不把喝茶当回事，喝茶只是人们的一种习惯，一种近乎机械的动作。这些年来，到茶叶上市的时候，大量批发，也给品茶带来了灾难。很多茶叶都是单位发的，然后互相送来送去，于是就带来了一系列的被动喝茶。既然有那些不花钱的茶叶，人们就只好将就着，有什么喝什么。推销商们用回扣收买那些有权力用公款买茶的人，劣质茶叶混入了千家万户，而一些确实很好的茶叶，也因为人们忘了细心品味，黯然失色。

　　泡茶的水也出了些问题。在大城市中，南京的水质相对还算是好的，可是说什么也不能和过去相比。水质污染终于成为普遍问题。早在一九三七年，当时的南京市政当局，就在夫子庙和大行宫等处，设置了免费自来水喷饮泉，供老百姓解渴。我读中学的时候，也就是七十年代初期，到了夏天，一下课，男孩子女孩子都奔自来水龙头去，捧着铜龙头猛喝一气。那水实在清凉解渴，没听说谁就因此拉了肚子。当年流过南京市区的秦淮河和金川河，清澈见底，而滚滚长江水，也是春来江水绿如蓝。有这样的好水，喝到好茶自然不成问题。南京的水如果不好，历史上也就不会有"宁饮建业水，不食武昌鱼"之说。

喝茶除了对茶叶的讲究，水的讲究也绝对不能忽视。历史上的南京人，因为得天独厚，很少去考虑这样的问题。这些年来，水质越来越差，人们已开始有所意识，但是也不得不采取听之任之的态度。个人总不可能开一家自来水厂。我曾经听人议论过这样的话题，临了却说，南京的水，总比上海好吧。据说在目前的大城市中，南京的自来水质量仍居上游。

一种不认真喝茶的态度，正在南京的喝茶人中蔓延。老派的南京人，为了取到好水，在下雪天，把落在梅花枝上的雪收集了，藏在瓮中，到夏天烧开了泡茶喝。讲究喝茶的，绝不会让水反复煮沸，想当年，老茶客会提着紫砂壶，在老虎灶前耐心等着，等那水刚开，立刻泡茶。因为水沸过久，溶解氧和二氧化碳气体大大减少，用这样的水泡茶，有损新鲜滋味。若水未沸滚而泡茶，茶中有效成分不能泡出，香味便大打折扣。现在一切似乎都变得无所谓，南京人在别的方面，已屡屡被人称为大萝卜，干脆连喝茶也懒得再穷讲究。老虎灶已经很少见到了，但是各种各样的高档的或劣质的保温电暖壶，却雨后春笋般地出现在家庭和办公室。人们像熬汤似的反复煮着水，这样的水用来泡茶，再好的茶叶，也是活糟蹋。

眼下新流行一种价格很贵的不锈钢保温杯。开会时，有身份的人，人手一只。我咨询过许多拥有各种保温杯的开会者，绝大多数都是单位发的，或是别人送的，有的人曾经得到过好几个。可惜用这不花钱的保温杯泡茶，也是罪过，嫩绿的新茶往里一放，很快就成了隔夜的菜汤。喝这样的茶，真不如去喝美国佬的饮料。

南京的喝（下）

一

　　好的酒似乎不应该离开好诗的。"清明时节雨纷纷，路上行人欲断魂。借问酒家何处有，牧童遥指杏花村。"提到晚唐诗人杜牧的这首诗，很多有学问的人，都为诗中的"杏花村"究竟在什么地方，吵得不可开交。安徽贵池，湖北麻城，山西汾阳，都认为"杏花村"归自己所有，说得头头是道。山西人更是明目张胆地在电视上大做广告，活生生把杜牧笔下的"杏花村"据为己有。

　　有充分的证据可以说明，杜牧的"杏花村"就在南京。迄今为止，记载杜牧在杏花村沽酒的文献，最早的一条应数宋代《太平寰宇记》，文中有关江宁的一条写道："杏花村在县理西，相传杜牧之沽酒处。"杏花村的确切地址，应该是在"新桥西信府河、凤凰台一带"，这里在当年不但是风景名胜，而且是文人骚客沽酒的好地方。李白登孙楚酒楼，在凤凰台上饮酒赋诗，这孙楚酒楼和凤凰台都与杏花村毗连。众所周知，杜牧当年在南京曾留下了好几首脍炙人口的诗篇，这首有关杏花村的诗就是其中之一。清嘉庆年间编纂的《金陵历代名胜志》，也确证杜牧沽酒处的杏花村在南京无疑，并附诗一首：

> 江南春雨梦无垠，沽酒旗亭白下门。
> 一自樊川题句后，至今人说杏花村。

樊川是杜牧的号，诗的意思是说，自从杜牧题诗以后，杏花村在南京地区争相传诵。其实杏花村究竟在什么地方并不重要，往大白话里说，争来争去，无非一个名人效应在作怪。杜牧是名人，名人写了名诗，这是最好的广告。我在这里引证杏花村原址在南京的资料，只是想借此说明南京人喝酒的悠久历史。

南京人好酒，这一点也不奇怪，六朝金粉，当然是少不了酒这玩意。秦淮胜地素有"酒池肉林"之称。"杏花村里酒旗斜，墙里春深树树花。"一位台湾朋友来南京，看见不少餐馆都以某某酒家命名，感到吃惊，说在台湾，称酒家难免有色情嫌疑。我听了觉得好笑，酒是色媒人，会这么联想也不奇怪。不过南京的酒家之名，可是大有来头，杜牧诗中"借问酒家何处有"的酒家，"夜泊秦淮近酒家"的酒家，恐怕不会兼做皮肉生意。

和喝茶一样，南京人对于喝酒，也是鉴赏性的。南京人爱喝酒，只是爱喝，但是算不了造酒的高手，南京本地并不出什么享誉中外的名酒。南京是一个巨大的酒消费市场，想喝酒，自然有各地的名酒供其享用。这地方出的更多的是喝酒的人。很多人到南京来定居，十分自然地就把各地的饮酒习惯引进到南京来。南京的地产酒没有什么竞争能力，杏花村真出好酒，别处也不会来争这块牌子了。

当年从紫金山上流下一条泉水，名叫霹雳泉，据说那水极适合酿酒，生产的一种名叫卫酒的酒也曾风光一时，可惜南京地方太大，小小的一条泉水产不了多少酒，很快就被外地的名酒淘汰。

二

大诗人李白当年在南京孙楚酒楼喝的酒，叫"金陵春"，喝完了便写诗，诗写了便流芳百世："白门柳花满店香，吴姬压酒唤客尝。"我奇怪的是，南京人真缺少做生意的天分，既然现在已经有了"孔府家酒"，已经有了"孟府家酒"，甚至还有"曹雪芹家酒"，南京的酒厂，为什么不旗帜鲜明地把这块"金陵春"招牌打出来蒙蒙人？要说喝酒，李太白总比孔夫子和孟夫子内行，比曹雪芹更强得多。李白斗酒诗百篇，多么现成的广告文字。南京人真要存心挖掘，可以有许多酒文化的文章可做。

宋朝时的南京就设有四大酒库，分东酒库、南酒库、北酒库和公使酒库。到了明清两代，南京的酒风更盛，到处都有酒楼和酒家，朱元璋曾"命工部建十楼于江东诸门外，令民设酒肆以接四方宾旅"。喝酒在南京曾是一件十分深入人心的事情，它成了老百姓日常生活的一部分。值得一提的是，历史上，能让老百姓喝的酒都不会太贵。对于那些贩夫走卒来说，买一醉花不了几个铜板。

南京的酒家很善于屯集外地的酒。民国时候的老万全酒家，特制了一种贴自己商标的方酒瓶，再转卖给各处的酒楼餐厅，它主要经营绍兴酒，也兼营洋河一类的高粱酒。老万全藏的绍兴酒，历史悠久的可达三四十年，这样的陈酒即使是在绍兴本地也很难找到。

陈济民等先生编著的《金陵掌故》一书，记载了南京老百姓有喝节令酒的风气。南京人永远有一种浪漫主义的精神，爱喝酒，爱在不同的节令喝不同的酒。浪漫主义常常不怕麻烦，譬如在端午喝"菖浦酒"，在重阳喝"菊花酒"，到了新年喝"屠苏酒"。这些酒的制作不太难，也不太省事，共同点都有些像药酒。"菖蒲酒"是用菖蒲煎汁和曲米酿成的，而"菊花酒"和"屠苏酒"都是在酒中间加东西泡制而成。很多爱喝酒的人反对喝药酒，觉得外加的药味，改变了酒的原香。但是南京人无所谓，因为南京人喜欢新鲜，不愿意总是盯着一种酒喝。南京人还爱喝一种锅巴酿制的酒，这种酒有一股焦香。

《金陵岁时记》记录了唐朝孙思邈研制的屠苏酒方。这一配酒的方子显然曾在南京广为流传，配方如下：

> 赤木桂心七钱五分，防风一两，菝葜五钱，蜀椒、桔梗、大黄各五钱七分，乌头二钱五分，赤小豆十四枚，将其共研为末，以三角绛色袋装好，除夕夜悬井中，初一清晨取出，放置酒内，煎四五沸即成。

屠苏酒是在大年初一的早晨饮的，要不然王安石也不会留下"爆竹声中一岁除，春风送暖入屠苏"的名句。孔夫子的后人，《桃花扇》的作者孔尚任就饮过南京的屠苏酒，他留下的诗句是："叠饮屠苏杯，围炉循俗例。"据说饮屠苏酒有一套传统的喝法，喝酒时要面朝东方，"自少至长次第饮之"，年少的先饮，年长的后饮，取旭日东升，蒸蒸日上之意。孔尚任诗中的俗例指的就是这种饮酒习惯。

三

说到喝酒，真是此一时，彼一时。古人喝的都是度数偏低的米酒，也就是民间所谓的老白酒。喝六十度的烧酒是近代的事情。譬如我父亲爱喝的就是苏北的洋河和双沟酒。很长时期内，南京的大店小店里，都有零卖，价格是一元三角七分一斤。这价格保持了很长时间。小时候，我常常为父亲去买酒，"文革"后期，这两种酒一度很紧张，逢年时节，要凭票才能供应。父亲常常向熟人讨酒票。那年头还没有假酒一说，而我父亲的喝法，也是和许多嗜酒者一样，只要伴几粒花生米，一小口一小口慢慢喝，独酌或是和老朋友一起喝，从来没见过他和谁斗过酒。

这些年，有机会常在外面跑，屡屡碰到一些酒中英雄，喝起酒来，那酒直截了当地往胃里倒，只是斗气，也无所谓品滋味，能喝完全是因为胃好。从这一点上，我看出了传统的南京人喝酒的与众不同处。南京人能喝酒，我觉得主要特色不在于量大，南京人不是酒中的好汉侠客，大碗喝酒，大块吃肉，那不是典型的南京人的做派。地道的南京人，要喝酒，依然还是《儒林外史》中的那种喝法，没有什么菜不能下酒，剁半只鸭子，买几块或香或臭的豆腐干就行，喝酒就是喝酒，没多少讲究。

南京人喝酒，带有很浓的个人主义色彩。拎一瓶酒，兴冲冲地回家去，用小酒盅，一杯接一杯，讲究随意，讲究尽兴。量经济能力喝，就身体状况喝，不逞能多喝，也不逼着不会喝的人喝。如今，那些在家门口小店里，往家里一瓶接一瓶带"分金亭"的男人，才是真正爱喝酒的人。这酒经济实惠，经得起穷人喝，经得起手头不宽裕的人经常喝。

我虽然不善饮酒，却十分乐意看别人很文静地喝酒。譬如我的父亲，喝酒便十分文静，我父亲的那些老朋友，喝起酒来，基本上也都是文静的。喝酒是自己的事，自己喝好了就行，没必要去强迫别人喝。喝酒有许多流派，南京的这一派，不喜欢闹酒。

南京人其实是喜欢喝便宜的酒，这是因为整体上的南京人并不富裕。价廉物美，对于南京人来说非常重要。如今有许多酒，都是为宴会酒席服务的。在酒席上喝好酒名酒，有时候仅仅是面子问题：在宴会上整杯整杯地喝烧酒，舌头的感觉完全没有了，这种喝法，既是对美酒的糟蹋，也是对佳肴的浪费。太多的宴会，太多的不是掏自己的腰包喝酒，是喝酒的质量走下坡路的重要原因。

一个爱喝酒的人，仅仅是靠在馆子里蹭酒喝，肯定远远不能满足。真正喝到酒的滋味的人，往往是那些没机会上酒席的人。记得小时候，我们院里有一个为演出做道具的人。是一个有老婆的"单身汉"，夏天傍晚乘凉，他常常一个人搬张小板凳，坐在门口，喝一种叫"粮食白酒"的烧酒。这酒有些上头，价格要比"洋河"和"双沟"便宜。"文化大革命"中，父亲的工资被扣得只能勉强维持生活的时候，就喝这种酒。记得这个道具工总盯着这一种酒喝，天天到时候就喝，一个人坐在那里，独酌独饮，无言无忧。他的老婆和小孩都在农村，他似乎也没有想着去把老婆孩子弄到城里来，除了做道具以外，他留给我的印象，就是坐在门口喝酒。

对于这个道具工来说，如果没有酒，这一生还有什么意思呢？他对酒的专注，一直保持到他死。有一天，他终于不能喝酒了，他的生命也就走到了头。

我有一个喝酒的朋友，隔一段时候，他家的阳台上，就放满了空瓶子。喝酒是他非常个人化的事情，他很少向别人吹嘘自己能喝多少酒，喝过什么高档的名酒。像他那样喜爱酒精的人，高档的酒经不起他喝。我一向认为世界上有两种人，一种是爱喝酒的，一种是不爱喝酒的。南京人中，真正爱喝酒的人并不多，真正把酒当作自己生命一部分的人，也不多。那些爱喝酒却从不借醉撒酒疯的人，常常是最可爱的人。

南京的酒，对南京人的性格并没有什么改变。南京人喝酒，体现的也是一种南京人的精神。可惜今天的南京人已经不喝屠苏酒了。

六朝人物与南京大萝卜

一

一个城市，怎么样才能适合居住，并没有什么一定之规。大致的标准，无非物价低一些，气候好一些，人情和民风淳朴一些。过去曾有"上有天堂，下有苏杭"之说。其实这也不过是为了说着押韵，念起来顺口，苏杭并不一定特指苏州和杭州。苏杭显然是一个大概念，它代表富庶的长江下游地区，也就是我们现在常说的江浙沪三角洲。

南京在历史上，显然是一个适合居住的城市。浙江钱塘人袁枚在南京住了下来，他的理由很简单："爱住金陵为六朝。"他亲自设计了随园，并写诗把随园的来历、特色以及名声都加了注：

买得青山号小仓，一丘一壑自平章。

梅花绕屋香成海，修竹排云绿过墙。

嵌壁玻璃添世界，张灯星斗落池塘。

上公误听园林好，来画庐鸿旧草堂。

　　袁枚是大才子，进士出身，做过几任县太爷。三十三岁时，突然厌倦了官场，急流勇退，在南京小仓山买了一大块地，修了随园，从此过着谈笑有鸿儒、往来无白丁的名士生活。袁枚自称："不作公卿，非无福命只缘懒；难成仙佛，又爱文章又恋花。"这是一个会享乐也确实享到乐的旧式文人。《白下琐言》中对随园做了这样的描述："门外竹径柴篱，引人入胜，山环水抱，楼阁参差，处处有画图之妙。城中名园，无出其右。"

　　随园的名气实在太大了，结果乾隆皇帝下江南，竟然专门派了人去画随园图，以备修皇家花园时参考。当时南京有许多漂亮的私家花园，随园是其中的佼佼者。

　　袁枚不是六朝人物，却向往着过一种六朝人物的生活。六朝人物晚唐诗，这是中国许多文人的精神寄托。袁枚处在清朝的盛世，却享受着没落时代的闲情逸致。他少年得志，中年辞官，潜心著作。写诗，成为当时的诗坛盟主；写散文骈文，皆取得不太差的成就，有《小仓山房集》《随园诗话》《子不语》等。袁枚最引起人们议论的，除了一大帮姨太太之外，还有一大群跟他学写诗的女弟子。"素女三千人，乱笑含春风"，何等气派。

直到已成为八十衰翁，袁枚还为某太守要禁秦淮娼妓，跳起来打抱不平。他写了一首让人不得不笑的诗：

> 繁戟横排太守衙，威行八县唤民爷。
> 如何济世安民略，只管河阳几树花。

好一位风流老人，似乎一眼就看透了官家的把戏，无非是想通过禁娼，捞点银子用用，所谓"官分买笑金"是也。清朝的文字狱说起来让人害怕，好在只要不反对皇上，骂骂当官的，也没什么大不了。袁枚是大名士，大名士皆是掌握尺度的高人，知道该怎么骂。他写这样的诗，果然没有引起任何祸端。

二

南京历史上，像袁枚这样的名士，绝非个别现象。作为一个适合居住的城市，南京的优势在于它能够拥有并能欣赏这样的名士。南京是一个理想的养老之地，有无数可以效仿的先贤，在这里做雅人或者做俗人都合适。中国人讲究叶落归根，可是事实上，那些来自农村的做官人，并没有回到老家去寿终正寝。许多人恰恰都选择在南京养老送终，这是一个充满了暮气的城市。这里的怀古气氛，对老人来说是一个很好的安慰。

王安石选择了南京为结束自己生命的地方，类似的例子很多。王安石为自己的隐居之地，取名为"半山园"，而另一位清朝的扫叶楼主人龚贤，则将自己的住所，以"半亩园"命名。自古江南出才子，才子们更多的是喜欢以南京为他们的活动场所。六朝在国运上并不强盛，但是对于文化人来说，六朝人物却始终是大家乐意效仿的。清末四大公子之一的陈三立，也就是著名学者陈寅恪的父亲，因参与戊戌变法，被革职永不叙用，他老人家晚年就长居南京，在中正街筑散原精舍打算颐养天年。陈三立的诗艰涩奇崛，为风流一时的同光体诗坛盟主。他定居南京的时候，门人后辈以诗文请益者，络绎不绝。

和其他城市有所不同的是，南京从来不以土著的名人为荣。很难找到像南京这样没有地方主义思想作怪的大城市。六朝人物并不意味着一种籍贯，而是代表了一种精神，代表了一种文化上的认同。富贵不能淫，贫贱不能移，威武不能屈，六朝人物究其实质来说，是一种精神上的贵族。

大家都知道南京现代有一位著名的书法家林散之，但是知道林散之老人有一位好朋友邵子退的人一定很少。邵子退是安徽和县乌江镇人。如果看一下地图，就会注意到和县虽然属于安徽，其实紧挨着南京市，历史上，乌江镇屡属南京管辖，其民风以及语音与南京很接近。邵子退生于清末民初，既未应举，又没有进新式学堂，因为其家境比较富裕，一肚子的学问，全靠家教和自学。他钻研古文诗词，尤爱书法艺术，并因此和林散之成为密友。

邵子退逝世以后，林散之当即作《哀子退》一首："从今不作诗，诗写无人看；风雨故人归，掩卷发长叹。"林散之以书法闻名，但是对诗自视甚高，也像齐白石老人一样，觉得自己的诗比字还好。老朋友逝世，林散之竟以不再写诗为誓，而且整整一个冬天和书法绝缘。一次他甚至对求书者说："你如能把邵子退救活，我就写！"由此可见两人之交情。

邵子退曾一度执教乌江小学，学校要填报履历表，邵慨然叹曰："余乃布衣之士，无可报填！"其实邵子退结交的，皆是高明之辈。以他的经历，无论从商，还是从政，都会有一番作为，但是他却成了当代陶渊明，小学老师当不了就不当，秉祖宗之遗训，以耕读为家风，自得其乐。与老友闲话，为老妪作诗，不以文人自居，也不屑与俗吏交往，终生布衣，不改其衷。

我初次接触到关于邵子退的文字时，就好像读到了一些神话故事。邵逝世于一九八四年，当我看到他写的诗，画的画，还有那些书法作品，以及他对林散之老人书法的评论，吃惊程度难以想象。在我看来，六朝人物早就是过去，早成为无法模仿的历史，但是邵子退的故事，似乎正在说明，即使到了今天，只要我们修身养性，古迹仍然可以追寻，时光仍然可以倒流。如果我们细心去找，六朝人物不仅可以在郊区寻觅，甚至可以在闹市中发现。

三

抗战胜利后，一帮社会名流被召集到了一起，征选南京的市花。于是各抒己见，有人提议梅花，有人提议海棠，还有人提出了樱花。意见没有得到统一，人们互相攻击，尤其是对提议樱花者攻击最凶。樱花是日本的国花，而日本和中国的旧恨未消，岂可以樱花做市花？征选市花最终不了了之。一位名人打岔说南京的代表不是什么花，而应该是大萝卜。

很多人谈起南京人的愚蠢时，都忍不住要摇头称南京人为大萝卜。南京大萝卜无所谓褒贬，它纯属纪实。用大萝卜来形容南京人，再合适也不过。南京人永远也谈不上精明。没人说得清楚这个典故从何而来，虽然有人考证历史上的南京的确出过大萝卜，但是从食用的角度来说，南京人爱吃的，无论过去还是现在，都是一种很小的杨花萝卜。

　　南京大萝卜是对南京人一种善意的讥笑。《金陵晚报》和东南大学正态调查中心联合发放了一百八十份调查试卷，回收有效答卷一百七十一份。在南京大萝卜这个话题上，最集中的三种看法是"淳朴""热情"和"保守"，这三个特征从三个方面，确证了南京大萝卜是"实心眼"的特点。这次调查的结论有几点耐人寻味，对于南京大萝卜的回答，被调查者中南京本地人对于南京人的评价，远没有外地人评价高。也就是说，南京大萝卜的形象，在外地人眼里，要比在南京人自己眼里可爱得多。情人眼里出西施，南京人眼里的西施不是自己身边的人。

　　南京大萝卜从某种意义上来说，是六朝人物精神在民间的残留，也就是所谓"菜佣酒保，都有六朝烟水气"。自由散漫，做事不紧不慢，这点悠闲，是老祖宗留下来的。有时候，一些词语上细微的变化，却代表了不同的文化。

譬如说"六朝金粉",所谓金粉,其实就是脂粉,但是从来不说六朝脂粉,南京从来就不是一个有脂粉气的城市。同样,"六朝烟水气",就其本质,烟水和烟火也没什么区别,可是若说南京有"烟火气",那就太俗气了。

南京是大城市中相对不太看轻农民的一个城市。在民工进城打工的潮流中,农民朋友一定会有深刻的体会。这也是南京大萝卜的一个可爱之处。我上中学的时候,南京人喜欢用"二哥"来形容乡下人,这典故源于"工人老大哥"称呼,农民兄弟自然只好屈居第二。有一段时间,"二哥"是土包子和傻帽的代名词,南京人不是用此称呼来污辱农民兄弟,而是用来自嘲和调侃自己身边的人。南京大萝卜的身上没有太多的城市优越感。

要想在今日的南京人身上,见到六朝人物的遗韵,已经不是件容易的事。一切早已经走了样,请看一篇报道:

月薪虽高问津者少 南京人冷落"下脚活"

本报讯 进入冬季以来,大大小小的澡堂、浴室生意格外火爆。随着浴客们的骤增,一些浴室乃至酒店纷纷向社会招聘修脚工、擦背工、采耳工。尽管一些招聘单位许诺了三千至四千元的月薪,但"重赏"之下仅吸引了一大批来宁打工者,城里人问津者则寥寥。一家酒店招聘一个心细的女性采耳工，结果上门应聘的仍是打工妹。另一家浴室招聘擦背工，原本看好能聊善谈的本地青壮年，然而最终却无一个南京人报名。

有关择业专家认为，眼下南京就业形势比较严峻，一些下岗者嘴上说只要工资高，活儿苦一点没关系，可一旦机遇摆在面前，却又畏缩于世俗偏见。看来，南京人真该更新一下就业观。

仅仅是以怕苦来解释南京人的就业观，并不能说明问题。怕苦几乎是所有城市人的通病，南京人在这一点上并不过分，就像笑贫不笑娼有时候也会变成风气一样，南京人对于"下脚活"，一向抱一种观望态度。南京浴室里的服务人员，绝大多数是苏北的扬州人。在浴室里干跑堂，这是扬州人的专利，老实说，很多南京人想的是自己不应该去抢别人的饭碗。

甚至都不能说南京人鄙视"下脚活"，帝王将相，宁有种乎？南京人只是本能地想到，这个活我能干，那个活我不能干，并不深入地想为什么。南京是一个传统的消费城市，在这个城市里，有许多看上去似乎并不高尚的工作，一直有人去做，菜佣酒保茶博士，南京人毫无怨言地都干过，因此没必要用"清高"这样的字眼来拔高南京人。侍候人并不是什么不得了的罪过，靠本事吃饭，永远是天经地义的。

南京大萝卜在许多事情上都有些迟钝。月薪三千至四千元怎么说也是一个诱惑，几乎是一个效益不太好的工厂工人工资的十倍。不能说南京人对于钱无动于衷，谁也不会与钱有仇。我们只能说南京是一个不太善于抓住机遇的城市，这个城市里，更多的是一些不太善于抓住机遇的人。

欲采蘋花

不自由

换句话说，当代文学如果不够繁华，是否与太多的聪明和才华有关。

欲采蘋花不自由

一

破额山前碧玉流，

骚人遥驻木兰舟。

春风无限潇湘意，

欲采蘋花不自由。

柳宗元的这首诗，发行量巨大的《唐诗三百首》没有选。"文化大革命"中的"批林批孔"读物《柳宗元诗文选注》也没有选，这本小册子一九七四年第一版印了三十万，无意中成为人们想学点文化的教材。我那时候才十七岁，对古文没什么感觉，有兴趣的只是柳宗元"名列囚籍，身编夷人"的流放生涯。当时的宣传机器，努力把柳宗元这个法家人物，塑造成一个英姿飒爽的英雄，既高又大还全，可是我更喜欢他倒霉蛋的模样。

这也就是我记住了这首诗的原因。春光明媚，潇水和湘江两岸蘋花盛开，有个叫曹侍御的朋友路过象县，本来可以看望落魄潦倒中的柳宗元，一起喝酒，一起写写诗，结果呢，却没有见成面。古人写友谊的好诗太多，"桃花潭水深千尺，不及汪伦送我情"，大诗人李白把那点意思直截了当说破，这是开门见山，柳宗元却绕个圈子，不说朋友相见不易，只说友谊已经成了奢侈品，想采摘一些河边的蘋花送友人都做不到。拐弯抹角是艺术很重要的一个技巧，十几年前讨论朦胧诗，把"朦胧"两个字反复说，恨不得用显微镜放大了看，其实对于中国的古典诗人来说，诗不朦胧，根本就玩不起来。

东晋时，丞相王导与尚书左仆射伯仁是好朋友，王导的堂兄王敦不太安分，阴谋叛乱，有人因此主张将与王敦有关系的人统统杀了，斩草要除根，以免后患。王导自知难逃厄运，赴阙待罪，主动跑到元帝那里去领死。伯仁背着王导，在元帝面前拼命为他说好话，结果王导被免罪，躲过了一劫。后来，作乱的王敦终于成了气候，攻入南京，毫不含糊地将伯仁杀了。王导事后才知道自己遇难，伯仁曾极力救过他，而伯仁有难，他却袖手旁观，没能帮上忙，于是陷入深深的后悔之中，哭着说：

吾虽不杀伯仁，伯仁由我而死。幽冥之中，负此良友。

这个故事从表面上看，是说人的忘恩负义。如果真这么简单，便算不上什么好故事。很多人非常看重友谊的回报，投之以桃，报之以李，只要看准了，友谊会是一笔很不错的投资。但是，如果仅仅从投资做生意的角度来看待友谊，就看低了古人，起码《世说新语》中不推崇那种以结党营私为目的的友谊。这个故事的要害在于后悔和自责，也就是说忘恩只占了极小的比例，关键在于负义。

朋友有难，自己未能给予帮助，仅此一点，足以让王导后悔一生。谁都知道，伯仁之死，与王导既没有直接关系，也没有间接关系，"由我而死"不过是表达一种过分悲痛的心情，是高标准严要求。王导并没有因为自己不是杀人犯而推脱罪名，在他看来，自己该出手时不出手，能救人而不尝试救人，罪同杀人。至于他真去救了，能不能救下伯仁，这已经不重要。

友谊也是一种美，这就是可以尽最大的努力去帮助朋友。伯仁这么做了，王导却没有。伯仁享受到了这种美丽，他帮助王导，救了他的命，并且不以救命恩人自居。友谊是一种很自然的东西，斤斤计较就变质和变味。友谊是一种自我完善，从表面上来说，它是为别人，然而实际上更是为了完善自己。伯仁充分享受到了友谊之美，他在王导最需要帮助的时候，悄悄地帮助了他。王导也享受到了，不过是反向的，那就是对友谊的忽视，这让他惊醒，让他自责。自责是一种很有意义的反思。

章士钊先生与大汉奸梁鸿志是好友，章因为资助过年轻时代的毛泽东，虽然被鲁迅痛骂，其实有一个很不错的晚年。一九七三年章逝世，毛泽东送了花圈，周恩来亲自参加追悼会，可谓是善终。在纷乱的人世中，一个有点名气的风云人物，想修个善终并不容易。抗战期间，梁鸿志下水做了大汉奸，成了汪伪政权的行政院长，他想为老友章士钊也谋个部长干干，苟富贵，勿相忘，然而章一口拒绝了。抗战胜利以后，梁成为阶下囚，章不忘旧情，毅然充当梁的辩护律师，这在当时需要相当的勇气。最后梁仍然被判处死刑，章士钊十分惋惜，毕竟梁有着十分渊博的学识，不过既然自己尽心尽力，也无愧于老友。换句话说，章士钊做了他所应该做的事情，关键时刻，他救不了梁鸿志，却拯救了自己。他不会在梁鸿志被处死以后，因为自己为洁身自好而无动于衷，睡不着觉。

二

友谊是讲究境界的，不是拉杆子结拜兄弟。桃园三结义只是民间虚拟的神话，就好比国际外交无诚意可言一样，结义通常都靠不住。越是高层次的结拜，越靠不住，桃园三结义的要害是帮刘备打天下，飞鸟尽，良弓藏，狡兔死，走狗烹，关羽和张飞的幸运，在于偏安西南一隅的刘备始终没有大杀功臣的机会。真给刘备做了大一统江山的皇帝，难免不像宋太祖和明太祖一样。

对皇帝只能说怎么尽忠，妄谈友谊是找死。培根曾经说过，君王并不能享受友谊，因为友谊的条件是平等，而君王和臣民的地位永远悬殊。不管怎么说，友谊与尽忠还是有近似的地方。友谊的血管里隐藏着许多单向阀，它意味着血液一直朝着一个方向流淌。友谊是电筒里射出来的光，它直指目标，从来不拐弯抹角。友谊不是养儿防老，友谊是无私的母爱，只知施与，不图回报，只知耕耘，不问收获。

当然，认定友谊不问回报或许非常片面，所有的比喻都有局限，只谈到了问题的一个方面。拉罗什福科在《道德箴言录》中曾说：

> 我们经常自以为我们爱某些人胜过爱我们自己，然而，造成我们的友谊仅仅是利益。我们把自己的好处给别人，并非是为了我们要对他们行善，而是为了我们能得到回报。

这种赤裸裸的观点从另一个角度逼近友谊的本质。拉罗什福科认为，没有什么事能与爱自己相比，当我们把友谊看得过重，爱友胜过爱自己的时候，"我们只不过是在遵循自己的趣味和喜好"。爱友胜过爱自己，说穿了仍然是一种自爱：

> 人们称之为友爱的，实际上只是一种社交关系，一种对各自利益的尊重和相互间的帮忙，归根结底，它只不过是一种交易，自爱总是在那里打算着赚取某些东西。

在中国古典诗词里，我们可以读到许多表现友谊的佳句，譬如杜甫的诗中，就常常可以读到他对李白的思念。据郭沫若考证，在现存的一千四百四十多首诗中，和李白有关的占了将近二十首。

　　渭北春天树，

　　江东日暮云。

　　何时一樽酒，

　　重与细论文。

《春日忆李白》

　　醉眠秋共被，

　　携手同日行。

《与李十二白同寻范十隐居》

　　故人入我梦，

　　明我长相忆。

《梦李白二首》

　　从杜诗的题目中，也可以看出杜甫对李白的敬重，《赠李白》《冬日有怀李白》《天末怀李白》《寄李十二白二十韵》《送孔巢父谢病归游江东兼呈李白》，喜欢杜甫的人免不了略有些不平，杜甫写了这么多诗拍李白的马屁，李白的回应并不多，而且还有几分怠慢。明朝都穆《南濠诗话》说：

> 今考之《杜集》，其怀赠太白者多至四十余篇，而太白诗之及杜者，不过沙丘城之寄，鲁郡东石门之送，及饭颗之嘲一绝而已。盖太白以帝室之胄，负天仙之才，日试万言，倚马可待，而老杜不免刻苦作诗，宜其为太白所诮。

杜厚于李，李薄于杜，按郭沫若的观点，虽然只是"皮相的见解"，毕竟也是不争的事实。李白写给杜甫不多的诗中，那首"饭颗诗"是杜诗爱好者不能容忍的：

> 饭颗山头逢杜甫，
> 头戴笠子日卓午。
> 借问别来太瘦生，
> 总为从前作诗苦。
>
> 《戏赠杜甫》

古时候没有照相机，诗人的形象完全靠文字来形容。

170

李白这一戏赠，落实了杜甫的苦相，一副可怜巴巴的模样。比较李白对杜甫和孟浩然截然不同的态度，不难看出友谊的差异。李白在孟浩然面前完全变了一个人，那种轻狂傲气全没了踪影：

> 吾爱孟夫子，
> 风流天下闻。
> 红颜弃轩冕，
> 白首卧松云。
> 醉月频中圣，
> 迷花不事君。
> 高山安可仰，
> 徒此揖清芬。
>
> 《赠孟浩然》

用这些诗来论证李白厚此薄彼是不确切的。孟浩然比李白大十岁多一些，李白也比杜甫大十岁多一些，正是这十岁多一些，很自然地产生了语调上的变化。长幼有序，中国古代文人之间的友谊，多少都有些亦师亦友的意思。尊长爱幼，友谊是为了让自己得到提高，李白敬重孟浩然，杜甫敬重李白，都不乏这种浅显的功利目的，与傲气不傲气无关。

杜甫被称为"诗圣"自有其道理。一个长得很清纯的女孩子，自称是文学青年，热爱诗歌，谈到李白和杜甫，说她喜欢李白，不喜欢杜甫，因为李白靠才华，杜甫靠刻苦。才华是天生的，自然的，刻苦则是后天的，人为的。我让这个女孩子说出她喜欢的李白的某首诗，和不喜欢的杜甫的某首诗，她顿时有些狼狈，随口报了一句，却是唐人王之涣的"黄河远上白云间"。

诗人被误读不是什么奇怪的事情，既然是误读，过错就不能怪诗人自己了。毫无疑问，杜甫是中国最伟大的诗人。说杜甫没才华，必须得有十二分的无知才行。杜甫对于李白，既有年龄上的敬重，更有风格上的佩服。友谊的功利心就在于，我们总是佩服那些比自己更棒的人，友谊的益处在于我们能够以他人之长，改善自己所短。贺拉斯的一句名言曾被经常引用，那就是"对于思想健康者，什么也比不上一个令人愉快的朋友"。蒙田随笔中记载了一个小故事，一个年轻士兵的马在比赛中赢得大奖，国王问士兵那匹马想卖多少钱，是不是愿意用它换一个王国，士兵回答说："当然不，陛下，但我很乐意用它来换一个朋友，如果我能找到一个值得我交朋友的人。"

李白对于杜甫的意义，不仅是志同道合，更重要的还在于他能像一块磨刀石一样，能将杜甫的思想磨得闪闪发亮。正像培根说的那样，"讨论犹如砺石，思想好比锋刃，两相砥砺将使思想更加锐利"。武侠高手切磋武艺，双方必须是真正的高手才行，杜甫之倾慕李白，李白之倾慕孟浩然，都是差不多的道理。友谊为互相学习提供了好机会，人们可以从友谊中得到东西。培根关于友谊必须平等的观点，似乎也可以稍做更正，既然人们指望从友谊中得到些什么，就无所谓谁厚谁薄。换句话说，友谊的双方略有些不平衡，也没什么大不了。

三

我的祖父与朱自清先生有很不错的交情，一九七六年，祖父与俞平伯先生相约，一起去看望病中的朱先生遗孀，此时距朱逝世已经快三十年。祖父在给俞先生的信中写道：

> 下书访佩弦夫人之事。前曾相约，五一以后共往一访。今五月将尽，故此奉商。弟可以要教部之车，而清华道远，耗油量多，不欲以私事而享此"法权"。至于雇车，其事不易，费亦不少。考虑久之，是否容弟先往，缓日再为偕访。弟已托人探询到朱夫人宿舍，

于何站下车，入清华何门为便。到清华之公共汽车自平安里出发，则夙知之也。

这一年祖父八十二岁，当时没有出租汽车，从祖父住处去远在郊外的清华很不方便。俞先生回信同意祖父先去，祖父于是进一步"详细探明到彼之远近"，弄明白"下公共汽车而后，只需步行一站光景即到"，自忖"弟之足力犹能胜也"。到五月三十日终于成行，并写信向老友报告经过：

> 昨日上午与至善出城访竹隐夫人，往返四小时有余，坐一小时，多年积愿，居然得偿，堪以自慰，兄伉俪代致意，已经转告。竹隐夫人不能谓如何佳健，肺气肿，时觉气喘，右目白内障，曾动手术，视力已极差。子女五人，在京者仅两人，乔森在京市农林局，女容隽在北京师院，只能每周或间周来省视一次。有一每日能来三小时之阿姨帮做杂事，长时则独居一室。此境不能多想，设或临时病作，步履倾跌，呼而无应，如何是好。弟于此未敢说出，今作书简述，自当以所虑相告。

老派人的古板做法，在今天看来有些陈旧。不过，我们至少从这里看到友谊给人带来的另一种自慰。记得也是在"文化大革命"后期，祖父去上海复旦看望郭绍虞先生，市里要派一辆小车给他，祖父想了想，决定还是坐三轮车去，因为他觉得看望朋友是私事，而且坐小车去也有摆阔之嫌疑。考虑到当时教授属于"臭老九"之列，郭先生虽然是"文革"前的国家一级教授，日子未必好过到哪里，祖父不愿意让老朋友感到陌生。

"花径不曾缘客扫，蓬门今始为君开"，君子之交，其淡如水。割脖子换脑袋，同生共死，这是友谊的一种过分夸大。友谊根本用不着走那样的极端。友谊有时候都是些婆婆妈妈的小事，简单，琐碎，平淡，是"相思相见知何日，此时此夜难为情"。友谊根本用不着出生入死，譬如大家都熟悉的吴宓和陈寅恪的晚年友情。一九六一年夏天，吴宓专程去广州看望陈寅恪，临行前，陈先生来信详细嘱咐，关照下火车后如何雇三轮车，大约要多少车钱。又特别说明，自己家人多，不能安排吴住宿，"拟代兄别寻一处"。当时正值三年困难时期，陈在信中实事求是地写道：

> 兄带米票每日七两，似可供两餐用，早晨弟当别购鸡蛋奉赠，或无问题。

这是一次感人的会见，陈先生这一年已七十六岁，身体很不好，因此与吴宓分别时，会很伤感地说"暮年一晤非容易，应作生离死别看"。陈死于"文革"中，吴死于"文革"结束后的一九七八年，六十年代初的这最后一晤，蕴藏了无限意味。对于吴宓来说，年长六岁的陈寅恪亦师亦友，让他终生敬重。到一九七一年，被群众运动无数次戏弄和迫害的吴宓，因为久无陈寅恪的音信，按捺不住思念之情，给远在广州的中山大学革命委员会写了一封信，询问陈寅恪的消息。此信当然是石沉大海，陈寅恪夫妇早在两年前就已经含冤离开人世。我在《闲话吴宓》一文中曾引用过这封信：

广州国立中山大学革命委员会赐鉴：

在国内及国际久负盛名之学者陈寅恪教授，年寿已高（一八八〇，光绪十六年庚寅出生），且身体素弱，多病，又目已久盲——不知现今是否仍康健生存，抑已身故（逝世）？其夫人唐稚莹（唐筼）女士，现居住何处？此间宓及陈寅恪先生之朋友、学生多人，对陈先生十分关怀、系念，极欲知其确实消息，并欲与其夫人唐稚莹女士通信，详询一切。故持上此函，敬求贵校（一）复函示知陈寅恪教授之现况、实情，（二）将此函交陈夫人唐稚莹女士手收，请其复函与宓，不胜盼感。

信中说陈先生一八八〇年出生，是手误，应该是一八九〇年。据说陈寅恪生前也很关注吴宓的命运，一九六七年，他的女儿从成都回广州探望老父，陈寅恪迫切地向她询问吴宓的近况，结果女儿只能无言以对。杜牧诗《赠别》中有这样的句子："门外若无南北路，人间应免别离愁。"友谊有时候正是因为距离，因为离乱，会产生特殊的美感。

四

友谊常会面临严峻的考验，有时候如履薄冰，稍不留神，便掉进水里。我这个年龄的人，不会忘了小时候暑假里看的电影《战上海》，都能记得反派主角汤恩伯。这个汤恩伯完全是个草包，在人民解放军面前，像个小丑似的，蹦了两下就完蛋。真实的情况当然不是这么简单，汤恩伯能混到那么高的军衔，要是没有真才干，蒋介石绝不会把最后看家的那点军队都交给他指挥。

汤恩伯并非黄埔出身，能得到蒋介石重用，与陈仪的引荐分不开。陈仪是日本士官生，与蒋介石既同乡又同学，交情非同一般，他与鲁迅和郁达夫也是好朋友。汤恩伯是陈仪的得意门生，情同父子，在最后关头，陈仪曾秘密动员他反戈一击，像傅作义那样起义，接受共产党的改编。这是一个聪明的选择，就当时形势看，汤虽然重兵在握，战场上已无任何胜机。如果听陈仪的话，蒋介石说不定都去不成台湾，而汤在大陆一九四九年之后的地位，起码能和傅作义平起平坐，当个共产党的部级干部。

然而汤恩伯选择了失败，在恩师与党国之间，或者背师，或者叛国，他选择了不可救药的党国。人各有志，勉强不得，汤恩伯的悲剧在于，他没有告密，但是陈仪策反之事一旦被军统侦破，他就不得不站在证人席上，为恩师陈仪的"罪行"作证。陈仪因此被枪毙，汤也陷入终生愧疚之中。据说他在台湾很不得志，已无心于名利场，郁郁寡欢，疑神疑鬼，在家里为陈仪设了牌位，动不动就烧香磕头，惶惶不可终日。

不由得想起一个差不多的故事，在莎士比亚时代，培根结识了女王宠臣和情人艾塞克斯伯爵，两人成为好友。艾比培根小六岁，对他的才华十分敬佩，在艾的极力推荐下，培根在政界如鱼得水。可以这么说，没有艾塞克斯，就没有培根。艾塞克斯后来终于失宠，并以叛国罪被逮捕法办，培根作为一名王室顾问和法律公职人员，奉命参与此案的审理工作。由于他和艾塞克斯的私交众所周知，因此在审理过程中，为了表示不徇私情，表示自己坚决站在女王和国家利益的立场上，培根表现得非常严厉和公正。六个月以后，艾塞克斯被保释回家，传记上说，艾对培根的表现非常失望，于是他就开始筹划一个新的政变阴谋，结果事泄失败，又一次被捕入狱，最终被处以极刑。

在艾塞克斯案件中，培根的做法曾受到后人的非议，人们不能容忍同流合污，也不赞成落井下石。培根的对手在这一点上大做文章，极力往他身上泼污水，结果，许多人一方面喜欢培根的文章，一方面又对他的人格产生怀疑。罗素不得不在《西方哲学史》上为培根辩护，认为把他"描绘成一个忘恩负义的大恶怪，这十分不公正"，既然艾塞克斯已经构成叛逆，此时抛弃这样的朋友，"并没有丝毫甚至让当时最严峻的道德家可以指责的地方"。不仅罗素义无反顾地支持了培根，许多著名学者都持差不多的态度，一位研究培根的权威学者，在阅读了培根与艾塞克斯全部材料后，断然指出培根对艾塞克斯的处理，没有任何值得非议之处，大多数的指责不过是诽谤而已。《培根传》的作者也说：

> 培根的行为曾经受到一些人的苛责。不过谁也不能否认艾塞克斯的确犯有叛国罪。所以很难理解那些

责难培根的人到底期待培根做什么。

要求培根像章士钊为梁鸿志那样做辩护，是不现实的。理智和情感常常冲突，友谊虽然简单，到复杂的时候，永远不是语言所能描述清楚。培根也不可能像汤恩伯那样自责愧疚。友谊毕竟不是哥们义气，不是小集团利益，不是沆瀣一气。友谊是试金石，可以折射出不同的光芒。培根的做法在人情上似乎有些欠缺，但是培根所以能成为培根，能成为一名大哲学家，成为一名大科学家，成为英国思想史或者说人类思想史上具有里程碑意义的人物，自有其内在的道理。

五

柳宗元的古文对后人的影响，显然要比他的诗大得多。我至今也弄不明白什么叫法家，柳的法家思想对我毫无影响。谈到思想教育，培根的《人生论》对我的影响更大，受益更多。印象中，柳宗元的最大特长是写游记，譬如《永州八记》，非常适合当写作的范本。林纾选评《古文辞类纂》的游记一栏，所选柳宗元文章的篇幅，相当于另选的古文大家韩愈、苏洵、苏轼、王安石的总和。

寄情山水多少有些迫不得已。并不是今天的人才想当官，古时候的人其实也很在意官场。柳宗元被贬为永州司马，司马在汉代是个大官，在唐朝却是贬谪的无职无权的闲散官员，他的心情一定很沉重。好在还能游山玩水，写诗写散文，此外，心中必定依然存在着友谊，毕竟还有一批志同道合的朋友值得挂念。友谊不仅能提高自己的境界，还能增加快乐，消除忧愁。没有友谊的社会是繁华的沙漠，海内存知己，天涯若比邻，虽然被贬穷乡僻壤，只要心中存着友谊，就不会感到孤独无援。

友谊之美是实实在在的。这也就不难理解偶尔收到朋友来信，柳宗元会产生那么大的激动。李贺诗中有这样的句子，"梦中相聚笑，觉见半窗月"，一旦美梦成真，好友相逢，那份惊喜真不知如何形容才好。柳宗元做了十年的永州司马，苦尽甘来，终于获得了升迁，告别潇水湘江，告别了一望无际的水边蘋花，升任柳州刺史。当年一起被贬的好友刘禹锡，也由郎州司马升任连州刺史。升了官，春风得意，柳宗元的诗风和文风都有所改变，他的倒霉蛋形象便不复存在，接下来，只是一心一意积极从政，为人民做了不少好事实事。虽然已经过了一千二百年，如果谁有机会去柳州，一定还能听见当地的老百姓在谈论他。

二〇〇一年七月二十二　河西

恨血千年土中碧

一

中华书局出版朱东润先生主编的《中国历代文学作品选》，是高校文科教材中很有影响的一套书。读大学期间，上古代文学史，我不是逃课，就是坐课堂里自顾自阅读。朱先生主编的这套作品选有好多卷，每本都十分厚重。记得自己曾对有关李贺的记录很不满意，那段文字的大意，说李贺生活孤独，性情冷僻，对广阔的现实生活缺乏了解和感受，而当时的社会非常黑暗和混乱，因此诗带有阴暗低沉的消极情调。作品选虽然是"文化大革命"前出版，限定在高等学校范围内发行，但是其批评腔调，已经上纲上线。对于喜欢李贺的人来说，这种批评多少有些刺耳。说一个作家没生活，一度批评界很流行，仿佛生意场上说人做买卖没本钱，又好像说女孩子天生不够漂亮。没生活是年轻作家的致命伤，这棍子抡谁身上都合适。

我最初读到的李贺的诗，是"文化大革命"结束前夕，现在回想，犹如一场隔世的春梦。当时在一家小工厂做学徒工，闲着无事，把苏州人民纺织厂和江苏师范学院联合注释的《李贺诗选注》搁包里带出带进。由工人师傅和大学师生联手选注法家著作，在那时候颇为时髦，我堂姐就和北京机床厂的师傅一起注释了魏源的文章。运用马列主义和毛泽东思想总结历史上儒法两条路线斗争的经验，一度轰轰烈烈，如火如荼。"文化大革命"初狂写大字报造就了一批书法家，这次对法家著作的大规模注释，也为训诂学培养出一些人才。我有个朋友没上过大学，因为参加工人注释小组，开始对古文有兴趣，恢复高考后，成为第一批训诂专业研究生，后来又成为最早的训诂学博士，这些年来，动不动就到国外讲学。

把李贺算在法家的阵容里，难免莫名其妙。我疑心是喜欢李贺的人搞了小动作，因为那年头只要把某个人列入法家，就可以在无书可读或者有书不许乱读的情况下，堂而皇之地开机印刷他的作品。据说唐朝的诗人中，毛泽东

183

最喜欢三李，凭我的记忆，李白和李商隐并没有被列入法家殿堂，当时也没有印刷他们的诗集。天知道李贺为什么会交上好运，到"文化大革命"后期，出版界浑水摸鱼是经常的事。

很长时间里，李贺给我留下的是一个积极向上的印象：

男儿何不带吴钩，

收取关山五十州？

请君暂上凌烟阁，

若个书生万户侯？

《南园十三首·其五》

寻章摘句老雕虫，

晓月当帘挂玉弓。

不见年年辽海上，

文章何处哭秋风？

《南园十三首·其六》

那是一个读书无用的时代，受这些诗的影响，我作为一个小工人，当时做梦也不会想到自己日后会成为一个作家。寻章摘句，男儿不为，和李贺诗中的那种饱满激情相吻合，我焦躁不安的，是遗憾自己没有建功立业的机会，是不能"报君黄金台上意，提携玉龙为君死"。"吴钩"和"玉龙"都是兵器的别称。王朔在《动物凶猛》中，谈到小说主人公当时急切盼望中苏开战，这代表了一大批男孩子的心情。我们喜欢看战争片，喜欢把敌人打得落花流水，看《地道战》和《地雷战》长大的一代人，对战争绝不会有什么恐怖之感。

二

差不多同时期，我有一个整天捧着《唐诗三百首》的邻居，这人是演员，舞台上扮演小生，"文化大革命"后期没戏演，以吟诵唐诗为乐。我至今也忘不了他吟诗的模样，他给我留下的最深刻印象，是以三百首为排行榜，谁入选《唐诗三百首》最多，谁就是最好的诗人。李贺的诗没被选入《唐诗三百首》，因此便不入这个邻居的法眼。在他看来，李贺即使是什么法家，在诗上面也是歪门邪道，要不然不会那么多杰出的唐代诗人，偏偏漏掉他一个人。

可是我却很喜欢李贺的诗。不仅仅因为上面提到的那些激情诗篇，这些诗给人的印象，与初唐诗人同样斗志昂扬的边塞诗并没太大区别。让我入迷的是李贺的用字，是他独特的修辞手段。"为人性僻耽佳句，语不惊人死不休"，杜甫的这两句诗借来形容李贺，再合适也不过。譬如：

骨重神寒天庙器，

一双瞳人剪秋水。

《唐儿歌》

民间骂人常说谁谁谁骨头轻，李贺用质量的"重"来修饰骨，用感觉的"寒"来点缀神，看似漫不经心，却化腐朽为神奇，点石成金。清朝方扶南批注的《李长吉诗集》指出："凡寒字率薄福相，此偏用得厚重。"而"瞳人剪秋水"更是在通与不通之间，成语有望穿秋水之说，"秋水"就是眼睛，这里用了一个动词"剪"，让人好不喜欢。同样是重和寒，到了《雁门太守行》中，又有了另外一种神韵，"塞上燕脂凝夜紫"，于是"霜重鼓寒声不起"。再如《马诗》中的"此马非凡马，房星本是星。向前敲瘦骨，犹自带铜声"，"夜来霜压栈，骏骨折西风"。敲击马骨，能发出金属的悦耳声，马骨像刀锋，能将凛冽的西北风切断，在马的骨头上，做出这样一些出色文章，真是匪夷所思。

钱锺书评点李贺诗，说他喜欢用具体坚硬的东西做比喻，比如弹箜篌的声音，用"昆山玉碎"和"石破天惊"

来形容。"荒沟古水光如刀",把流动的水光比作闪动的刀光。"香汗沾宝粟",说汗珠犹如粟粒。写到酒,明明是液体,却说是"缥粉壶中沉琥珀",用固体的"琥珀",来形容流动的美酒。又"琥珀浓,小槽酒滴珍珠红",琥珀比酒取其色,珍珠比酒取其形。总之,李贺的诗,善于通过奇特的比喻,用两物之间的某一点相似,让我们用不同的感觉器官去感受,去触摸,变虚为实,变看不见摸不着为看得见摸得着,又变实为虚,变寻常为不寻常。

长吉细瘦,通眉,长指爪。能苦吟疾书,最先为昌黎韩愈所知。所与游者,王参元、杨敬之、权璩、崔植辈为密。每旦日出与诸公游,未尝得题然后为诗,如他人思量牵合以及程限为意。恒从小奚奴,骑距驴,背一古破锦囊,遇有所得,即书投囊中。及暮归,太夫人使婢受囊出之,见所书多,辄曰:"是儿要当呕出心乃已尔!"上灯,与食,长吉从婢取书,研墨叠纸足成之,投他囊中。非大醉及吊丧日率如此,过亦不复省。

李商隐《李长吉小传》

我想自己喜欢李贺的另外一个原因,是因为那种为写

187

诗而写诗的艺术家气质。是不是法家根本无关紧要，积极向上和消极低沉也无所谓，作为一名读者，喜欢某个作家，往往只需要一些非常简单的原因。我忘不了当时情景，每天一早起来，匆匆骑车去郊外的工厂上班，自己是修理工，上班也不是很忙，闲着没事，不让看书，只能傻坐。对付傻坐最好的办法，便是默诵一些古典诗词，而李贺的诗似乎最适合反复品味。我那时不仅爱看带注解的古典诗词，同时还迷恋当代年轻人现写的诗歌。我的一个堂哥有一批酷爱写现代诗的朋友，这些朋友的诗以手抄本的形式悄悄流传，若干年后，他们成为风行一时的朦胧诗的骨干分子。

李贺骑着毛驴出外觅诗，和当代那些年轻人的创作不谋而合。我熟悉的一位年轻诗人，常常说话的时候，突然拔出笔来，在随手捞到的纸片上疾写，写完了，塞在口袋里，然后继续谈笑风生。这些今天看来十分矫情的行为，当时却是实实在在地感动了我。虽然没有投入诗歌写作，但是我的所闻所见，已饱受了诗的潜移默化。人活着，就应该像一首诗一样。很显然，那是我一生中最富有诗意的一个阶段，在古代李贺和当代诗人之间，我找到了让人兴奋的共同点。我发现写作也可以成为人生命本能的一部分，在流行的大话谎言式创作之外，在满纸的大批判或者个人崇拜的语林之外，在文化的沙漠里，还存在着一种别的写作方式。

我并没有想到自己日后会成为一个作家，只不过是提前做好了准备，如果有机会投身写作，我知道应该怎么样。

三

对李贺的诗，确实可以有不同的理解。《李贺诗选注》的前言写得颇有火药味，当年也没认真看，今日重读，不由得感到好笑：

今天，当我们运用马列主义和毛泽东思想来总结历史上儒法两条路线斗争经验的时候，有必要正确评价李贺及其诗歌，把被颠倒的历史重新颠倒过来。

事实上，这种义正词严已经有些老掉牙的口吻，我们今天偶尔还能听到。在谈到李贺的诗歌是否"欠理"这一传统评价时，前言用了更激烈的言辞予以反驳：

"欠理"，这是历代儒家之徒和反动文人给予李贺的另一罪状。他们说的"理"，就是"三纲五常"一类儒家的道德规范、唯心主义的天命论和形而上学，也就是维护反动秩序的一整套孔孟之道，在他们的心目中，这个"理"是神圣不可侵犯的，是他们的命根子，而李贺竟然胆敢对此发出叛逆的呐喊，掷出批判的投枪，这确实欠了他们的"理"。

最早说李贺诗"欠理"的是同时代的诗人杜牧，这个"十年一觉扬州梦，赢得青楼薄倖名"的浪荡子，说了李贺一大堆近乎夸张的好话之后，突然笔锋一转，说李贺"盖骚之苗裔，理虽不及，辞或过之。骚有感怨刺怼，言及君臣理乱，时有以激发人意。乃贺所为，得无有是?"杜牧的意思很明白，李贺诗的文辞是漂亮的，只不过是"理"弱了一些，如果"少加以理，奴仆命骚可也"。换句话说，李贺的诗再加上"理"，恐怕要比大诗人屈原还要厉害。

不妨看看杜牧是怎么夸李贺的：

> 云烟绵联，不足为其态也；水之迢迢，不足为其清也；春之盎盎，不足为其和也；秋之明洁，不足为其格也；风樯阵马，不足为其勇也；瓦棺篆鼎，不足为其古也；时花美女，不足为其色也；荒国陊殿，梗莽邱垄，不足为其怨恨悲愁也；鲸呿鳌掷，牛鬼蛇神，不足为其虚荒诞幻也。

光说好话没用，好话有时候也会说过头。排比句有一种很强烈的修饰作用，但是只要是个比喻，就会片面，就会有缺陷。放在一起说，难免冲突打架，钱锺书先生《谈艺录》中一针见血地指出："长吉词诡调激，色浓藻密，岂'迢迢''盎盎''明洁'之比。且按之先后，殊多矛盾。'云烟绵联'，则非'明洁'也；'风樯阵马''鲸呿鳌掷'更非迢迢盎盎也。"真是马屁拍到了马脚上，说好话如此，要挑刺批评就更惹众怒。杜牧说李贺的诗"欠理"，话音刚落，后人的议论就没断过。赞成者继续杜牧的观点，譬如宋朝的张戒《岁寒堂诗话》就说，白居易作诗"以意为主，而失于少文"，李贺作诗"以词为主，而失于少理"，是"各得其一偏"，他认为最好的诗应该是"文质彬彬，然后君子"。同样是宋朝的张表臣《珊瑚钩诗话》也说，诗"以平夷恬淡为上，怪险蹶趋为下。如李长吉锦囊句，非不奇也，而牛鬼蛇神太甚，所谓施诸廊庙则骇矣"。朱东润先生主编的那套教材，事实上也是这个意思，认为李贺追求形式太过，有理不胜词的缺点。

反对派则据"理"力争：

樊川反复称道形容，非不极至，独惜理不及

《骚》。不知贺之长正在理外，如惠施"坚白"，特以不近人情，而听者惑焉，是为辩。若眼前语，众人意，则不待长吉能之，此长吉所以自成一家欤。

宋·刘辰翁《笺注评点李长吉歌诗》

清朝贺贻孙《诗筏》也用差不多的意思反驳"欠理"：

夫唐诗所以夐绝千古者，以其绝不言理耳。……楚骚虽忠爱恻怛，然其妙在荒唐无理，而长吉诗歌所以得为《骚》苗裔者，政当于无理中求之，奈何反欲加以理耶？理袭辞鄙，而理亦付之陈言矣，岂复有长吉诗歌？又岂复有《骚》哉？

由此可见，"文化大革命"中出版的《李贺诗选注》前言中的观点，虽然打着"批林批孔"的招牌，虽然用的是极左的语调，就李贺诗是否"欠理"这一点，并非完全是自己的独创。清朝董伯音《协律钩玄序》也为李贺辩解说："长吉诗深在情，不在辞；奇在空，不在色；至谓其理不及，则又非矣。诗者，缘情之作，非谈理之书。"或许，问题的关键还在什么算作"理"，这是李贺研究中一个经常性的话题，曾引发不少议论，有人把它当作思想内容，有人把它当作思维逻辑。极左的观点说穿了是强词夺理，一口咬定"理"就是孔孟之道，就是三纲五常。这实际上是一种蛮不讲理，和古人的反对意见貌合神离，差之毫厘，谬以千里，风马牛不相及。奇文共赏，立此存照：

李贺不畏"天命"，不畏"大人"，不畏圣人之言，否定天国的存在，讽刺迷信天神的行为，显示出这位青年诗人敢于向儒家传统观念宣战的反潮流精神。难怪儒家之徒和反动文人要给这个具有叛逆精神的诗人加上"欠理"的罪名，甚至叫嚣"太无忌惮"，惊呼他的诗歌"施诸廊庙则骇矣"，这恰恰暴露了这帮孔孟卫道士的凶恶嘴脸。

《李贺诗选注·前言》

四

世上的诗篇永远不死亡，
世上的诗篇永远不停息。

在《蝈蝈和蟋蟀》中，英国诗人济慈充满激情地写下这样的诗句。在济慈看来，"美就是真理，真理也就是美"，"一件美的东西永远是一种快乐"。在谈到李贺的时候，联想到写《夜莺颂》的济慈是很自然的事情，因为这两个诗人有着两个共同点。他们都是伟大的天才诗人，都是寿命很短，李贺活到二十七岁，济慈只活了二十六岁。济慈曾经学过医，但是他放弃了医学，全力以赴从事诗歌的创作。

李贺比济慈差不多早了一千年，影响了后来的无数诗人。人们学习他的精益求精，有时也确实难免走火入魔。李贺的诗并不是什么人都能学，他诗中的优点和缺点十分明显，像两座高高的山峰一样对峙。不同的人，可以从李贺的诗中看到不同的东西。钱锺书先生随手将李贺写"鸿门宴"的《公莫舞歌》，与刘翰的《鸿门宴》，与谢翱的《鸿门宴》，还有铁崖的《鸿门会》做比较，认为同一题材的诗歌中，谢翱的一首最好。谢是宋朝遗民，曾参加过文天祥的抗元部队，他的作品风格沉郁，寄寓了对宋室沦亡的悲痛。同样是写"项庄起舞，意在沛公"，同样是写项伯拔剑，用自己的身体保护刘邦，却有两种截然不同的态度。李贺的观点是"材官小臣公莫舞，座上真人赤龙子"，意思是说项庄不要痴心妄想击杀刘邦，刘邦是真命天子，很长的一首诗，遣词造句十分出色之外，只在"真命天子"上大做文章。而谢翱的立意就完全不一样，"楚人起舞本为楚，中有楚人为汉舞"，"君看楚舞如楚何，楚舞未终闻楚歌"，联想起中国的大历史，为元朝灭掉南宋的是降蒙的汉人张弘范，灭宋之后，他自恃有功，特立碑"镇国大将军张弘范灭宋于此"以为纪念。扶助清朝平定江南的是洪承畴，洪不是满人，是汉人，而且是汉人的大官。启关引兵，被满人封为平西王，最后将南明皇帝绞杀的吴三桂也是汉人，是汉人的封疆大吏。换句话说，四面楚歌的悲惨局面，往往是"楚人为汉舞"自己造成的。和李贺辞藻华丽的《公莫舞歌》相比，谢翱的《鸿门宴》更多了一份感时忧国的"世道人心"。

李贺《雁门太守行》差不多是所有选本必入选的一首诗：

黑云压城城欲摧，

甲光向日金鳞开。

角声满天秋色里，

塞上燕脂凝夜紫。

半卷红旗临易水，

霜重鼓寒声不起。

报君黄金台上意，

提携玉龙为君死。

此诗写气氛可谓是绝唱。据说李贺曾携诗去谒韩愈，门人将诗稿送了进去，韩暑卧方倦，困意蒙眬，准备让门人将李贺打发走，可是他打开递上来的诗稿，首篇便是《雁门太守行》，读而奇之，连忙穿上衣服匆忙赶去见李贺。韩愈对此诗的具体评价不见文字记载，不过这个故事本身似乎已经说明问题。李贺诗中的想象和比喻永远是第一流的，"长吉耽奇凿空，真有石破天惊之妙"，所谓"创奇出怪以极鬼工者，李昌谷之幽思也"。但是，如果撇开诗高超的艺术性不谈，不难发现此诗的立意，只在"士为知己者死"这一点上。说李贺诗"欠理"，这或许多少也能算是个例子。清朝黎简《黎二樵批点黄陶庵评本李长吉集》，说"长吉诗似小古董，不足贡明堂清庙，然使人摩挲凭吊不能已"，属于差不多的评价。

　　不管怎么说，一口咬定李贺的诗"欠理"是不准确的。真正"欠理"的诗不可能让人"摩挲凭吊不能已"。把李贺的诗说成是法家著作，当作"批林批孔"的刀枪使，也是自说自话，是别有险恶用心。李贺出于唐皇室，自称唐诸王孙，虽然是旁系，且已中落，贵族气息免不了，贵族倾向更免不了。不同的人，不同的阅读方式，可以得出不同的结论，说到底，问题还在于怎么去读李贺，李世熊《昌谷集注序》谈到自己的读后感时，便说"李贺所赋铜人、铜台、铜驼、梁台，恸兴亡，叹沧海，如与今人语今事，握手结胸，沧泪涟洏也"。由此可见，钱锺书得出李贺诗缺乏世道人心是对的，李世熊认为李贺"恸兴亡，叹沧海"也是对的。

读艺术作品，贵在有所感慨，仅以一个似是而非的"理"字，来评判该不该读，武断地得出李贺属于什么样的作者结论，显然非常幼稚。或许，读者自己的灵魂深处，有没有世道人心，这才是最重要的。这就好比触景生情，情既在看到风景以后，又更在看到风景之前。同样一本《红楼梦》，"经学家看见《易》，道学家看见淫，才子看见缠绵，革命家看见排满，流言家看见宫闱秘事"，所谓见怪不怪，见奇不奇。读者不能不自以为是，又不能太自以为是。

五

最喜欢李贺的《秋来》，回想当年，这首诗不知被吟诵了多少遍，感叹了多少回。尤其喜欢其中的"思牵今夜肠应直，雨冷香魂吊书客。秋坟鬼唱鲍家诗，恨血千年土中碧"。古人形容悲伤痛苦，有"柔肠寸断"之语，李贺反其

197

道而行之。《李长吉歌诗汇解》解释说：

> 苦心作书，思以传后。奈无人观赏，徒饱蠹鱼之
> 腹。如此即令呕心镂骨，章锻句炼，亦有何益？思念
> 至此，肠之曲者亦几牵而直矣。不知幽风冷雨之中，
> 乃有香魂愍吊作书之客。若秋坟之鬼，有唱鲍家诗者，
> 我知其恨血入土，必不泯灭，历千年之久，而化为碧
> 玉者矣。鬼唱鲍家诗，或古有其事，唐宋以后失传。

《昌谷集注》则说：

> 安知苦吟之士，文思精细，肠为之直？凄风苦雨，
> 感吊悲歌，因思古来才人怀才不遇，抱恨泉壤，土中
> 碧血，千载难消，此所悲秋所由来也。

二十多年前，少年不识愁滋味，为读新诗强说愁。那
年月，穿着油腻腻的工作服，靠在冰冷的铁皮工具箱上，
自以为已被这首诗感动了，征服了，时至今日，不愿说当
时是矫情，只能说是感触又深刻了几分。我写这篇文章怀
念李贺，其实是借题发挥，追忆自己曾经有过的一段生活。
恨血千年，土中成碧，前不见古人，后不见来者，毕竟中

国只有一个李贺，毕竟世界只有一个李贺。然而一个李贺已经足够，他给了我那么大的恩惠，那么大的安慰，让我永远也感激不尽。

二〇〇一年八月三十一日酷暑中

郴江幸自绕郴山

　　林斤澜是父亲的挚友，他不止一次对我说过，江苏作家和浙江作家相比，现代是浙江强，当代是江苏强。现代是祖父那一辈，当代是父亲这一辈。现代作家中，浙江有鲁迅，有茅盾，有郁达夫，有艾青，都是高山仰止的顶级人物，自然无法比拟。到当代作家这一拨，按照林斤澜的看法，江苏有高晓声，有方之，有陆文夫，还有汪曾祺，情况完全不一样。

　　对新时期最初几年的文学，我始终有些隔膜。作为一名中文系大学生，你没有办法不感觉它活生生的存在。而且一段时间，江苏以及全国的文学精英都在眼前转悠，这些人是父亲的好朋友，在我没有成为作家之前，父辈的名

200

作家见了不计其数。我常常听父辈煮酒论英雄，在微醺状态下指点文坛，许多话私下说着玩玩，上不了台面。我记得方之生前就喜欢挑全国奖小说得主的刺，口无遮拦，还骂娘。最极端并且让我留下最深印象的，是高晓声神秘兮兮告诉我，说汪曾祺曾向他表示，当代作家中最厉害的就数他们两个。天下英雄，使君与操，余子谁堪共酒杯。我一直疑心原话不是这样，以汪曾祺的学养，会用更含蓄的话，而且汪骨子里是个狂生，天下第一的名分，未必肯让别人分享。

提起二十世纪八十年代初期文学，不提高晓声和汪曾祺这两位不行，他们代表着两种重要的文学现象。八十年代中期，有一次秋宴吃螃蟹，我们全家三口，高晓声与前妻带着儿子，林斤澜夫妇，加上汪曾祺和章品镇，正好一桌。老友相会，其乐融融，都知道汪曾祺能写善画，文房四宝早准备好了。汪的年龄最高，兴致也最高，一边吃一边喝彩，说螃蟹很好非常好，酒酣便捋袖画螃蟹，众人的喝彩声中，越画越忘形。然后大家签名，推来推去挨个签，最后一个是高晓声儿子。那时候，他还在上中学，第一次遇到这种场面，有些怯场，高低声对儿子说，写好写坏不要紧，字写大一些，用手势比画应该多大，并告诉他具体签什么位置上。高晓声儿子还是紧张，而且毛笔也太难控制，那字的尺寸就大大缩了水，签的名比谁的字都小，高因此勃然大怒，取了一支大号的斗笔，蘸满墨，在已经完成的画上扫了一笔。

大家都很吃惊，好端端一幅画活生生糟蹋了，记得我母亲当时很生气，说老高你怎么可以这样无礼。汪曾祺也有些扫兴，脸上毫无表情。事后，林斤澜夫妇百思不解，问我为什么会这样。我说可能是高晓声对儿子的期望值太高了，他忍受不了儿子的示弱。按说在场的人，朋友一辈的年龄都比高晓声大，只有我和他儿子两个小辈，高晓声实在没必要这么心高气傲，再说签名也可以裁去，何至于如此大煞风景。

第一次见到高晓声，是考上大学那年，他突然出现在我家。高晓声和父亲是老朋友，与方之、陆文夫都是难兄难弟，一九五七年因为"探求者"被打成右派，一晃二十年没见过面。乡音未改，鬓毛已衰，土得让人没法形容，农民什么样子，他就是什么样子，而且是七十年代的农民形象。那时候右派还没有平反，已粉碎了"四人帮"，刚开完十一届三中全会，右派们一个个蠢蠢欲动，开始翘起狐狸尾巴。这是个日新月异的时代，高晓声形迹可疑转悠一圈，人便没有踪影，很快又出现，已拿着两篇手稿，是

《李顺大造屋》和《"漏斗户"主》。

高晓声开始给人的印象并不心高气傲，他很虚心，虚心请老朋友指教，也请小辈提意见。我们当时正在忙一本民间刊物《人间》，对他的小说没太大兴趣。最叫好的是父亲，读了十分激动，津津乐道，说自己去《雨花》当副主编，手头有《李顺大造屋》和方之的《南丰二苗》，就跟揣了两颗手榴弹上战场一样。《李顺大造屋》打响了，获得全国短篇小说奖，这是后话，我记得陆文夫看手稿，说小说很好，不过有些啰唆。话是在吃饭桌上说的，大家手里还端着酒杯，高晓声追着问什么地方啰唆了，陆文夫也不客气，让我拿笔拿稿子来，就在手稿中间删了一段，高当时脸上有些挂不住。我印象中，文章发表时，那一段确实是删了。

八十年代初期的文学热，和现在不一样，不谈发行量，不谈钱。印象中，一些很糟糕的小说，大家都在谈论，满世界都是"伤痕"，都是"问题"，作家一个个像诉苦申冤的弃妇。主题大同小异，不是公子落难，就是才子见弃，幸好有"帮夫"的红颜知己出来相助，以身相许，然后选个悲剧结局悄然引退。公式化概念化的痕迹随处可见，文学成了发泄个人情感的公器，而且还是终南捷径，一篇小说只要得全国奖，户口问题工作问题包括爱情问题，立马都能解决。当时有个特殊现象，无名作家作品一旦被《小说月报》转载，就会轰动。我认识一位老翻译家，五十岁出头，译过许多世界名著，国外邀请他讲学，介绍中国当代文学。偏偏对当代创作一点不了解，那年头出国不容易，可怜他搞了一辈子外国文学，还没有迈出过国门一步，便随手揣一摞《小说月报》匆匆上飞机。这些《小说月报》还是我堂哥三午送的，并不全，逮着一本算一本。

高晓声显然也是沾了文学热的光，他回忆成功经验，认为自己抓住了农民最关心的问题。对于农民来说，重要的只有两件事，一是有地方住，一是能吃饱，所以他最初的两篇小说，《李顺大造屋》是盖房子，《"漏斗户"主》是讲一个人永远也吃不饱。一段时间内，高晓声很乐意成为农民的代言人，记得他不止一次感慨，说我们家那台二十英寸的日立彩电，相当于农民盖三间房子。父亲并不知道农村盖房子究竟要多少钱，不过当时一台彩电的价格，差不多一个普通工人十年工资，因此也有些惶恐，怀疑自己过日子是否太奢侈。高晓声经常来蹭饭，高谈阔论，我们家保姆总在背后抱怨，嫌他不干净，嫌他把烟灰弹得到处都是。一来就要喝酒，一喝酒就要添菜，我常常提着饭夹去馆子炒菜，去小店买烟买酒。高晓声很快红了，红得发紫，红得保姆也不相信，一个如此灰头土脸的人，怎么突然成了人物。

　　高晓声提起农民的生存状态就有些生气，觉得国家对不起农民。他自己做报告的时候，农民的苦难是重要话题。也许是从近处观察的缘故，我在一开始就注意到，高晓声反复提到农民的时候，并不愿意别人把他当作农民。他可能会自称农民作家，但是，我可以肯定，他并不真心喜欢别人称他为农民作家。农民代言人自有代言人的拖累，有一次，在常州的一家宾馆，晚上突然冒出来一个青年，愣头愣脑地非要和高晓声谈文学。高晓声刚喝过酒，满脸通红，头脑却还清醒，说你不要逼我好不好，我今天有朋友在，是大老远从外地来的，有什么话以后再说行不行。那青年顿时生气了，说你看不起我们农民，你还口口声声说自己是农民，你现在根本不是农民了。高晓声像哄小孩一样哄他，甚至上前搂他，想安慰他，但是那年轻人很愤怒，甩手而去。高晓声为此感到很失落，他对在一旁感到吃惊的我叹了口恶气，说了一句很不好听的话。我知道对有些人，高晓声一直保持着克制态度，他不想伤害他们，但是心里明白，在广大的农村，很有这样一些人，把文学当作改变境遇的跳板，他们以高的成功为样板，为追求目标，谈到文学，不是热爱，而是要利用。我知道高晓声内心深处，根本就不喜欢这些人。

这样的人，当然不仅农村才有，也不仅过去才有。仔细琢磨高晓声的小说，不难发现，他作品中为农民说的好话，远不如说农民的坏话更多。农民的代言人开始拆自己的台，从陈奂生开始，农民成了讥笑对象。当然，这农民是打了引号的，因为农民其实就是人民，就是我们自己。中国知识分子总处于尴尬之中，在对农民的态度上，嘴上说与实际做，明显两种不同的思维定式。换句话说，我们始终态度暧昧，一方面，农民被充分理想化了，对其缺点视而不见，农民的淳朴被当作讴歌对象；另一方面，又把农民魔鬼化了，谁也不愿意去当农民。结果人生所做一切努力，好像都是为了实现不再做农民这个理想，甚至为农民说话，也难免项庄舞剑，意在沛公。

父亲一直遗憾没有以最快速度，将汪曾祺的《异秉》发表在《雨花》上。记得当时不断听到父亲和高晓声议论，说这篇小说写得如何好。未能即时发表的原因很复杂，结果汪另一篇小说《受戒》在《北京文学》上抢了先手。从写作时间看，《异秉》在前，《受戒》在后。以发表而论，《受戒》在前，《异秉》在后。

汪曾祺后来的大受欢迎，和"伤痕文学""问题小说"倒胃口有关。当时，除了汪的《异秉》，还有北岛的《旋律》，这小说是我交给父亲的，他看了觉得不错，也想发表在《雨花》杂志上。根据行情，这些小说并不适合作为重点推出。大家更习惯所谓思想性，编刊物的人已感到需要新鲜的东西来冲击一下，但是这仍然需要时间。对八十年代初期文学有兴趣的人，不妨去翻翻当时的刊物目录。那时候，汪曾祺的小说，包括林斤澜的小说，显然不适合作头条文章。这两个人后来都获得全国短篇小说奖，只要看获奖名单的排名，就知道不过是个陪衬。我记得有人说过，汪曾祺和林斤澜只是副榜，有名气的作家早拿过好几次了，既然大家私下里叫好，就让他们也轮到一次。

和高晓声迅速走红不同，汪曾祺小说有个明显的慢热过程。高晓声连续获两届全国奖，而且排名很靠前，一举成名天下知。汪曾祺却是先折服了作家同行，在圈子里获得越来越多的认同叫好，然后稳扎稳打，逐渐大红大紫。客观地说，在八十年代初期，高晓声名气大，到八十年代中后期，汪曾祺声望高。这两个人在八十年代不期相遇，难免棋逢对手，英雄相惜。高晓声一度对汪的评价极高，但是我印象中，绝对是汪成名之前，有一次他甚至对我说，汪的小说代表了国际水平。正是因为他强烈推荐，《异秉》还是在手稿期间，我就看了好几遍。

高晓声一直得意《陈奂生转业》中的一个细节，小说中县委书记嘘寒问暖，把自己的帽子送给了陈奂生，说帽子太大，他戴着把眼睛都遮住了。这顶帽子显然有乌纱帽的意思，县太爷戴着嫌大，放在农民的头上却正好。熟悉高的都知道，他有"阴世的秀才"之美称，是个促狭鬼。"陈奂生"是高晓声笔下的一个重要人物，出现在多篇小说中，要比"李顺大"更有血有肉，而"帽子"恰恰是塑造这个人物的重要道具。在一开始，陈奂生有顶帽子叫"漏斗户主"，这是他的绰号，然后日子好起来，手里有了些闲钱，便想到进城买顶"帽子"，因此演绎了"进城"故事，再获全国小说奖的荣誉，然后不安分地"转业"，竟然要做生意了，莽莽撞撞走县委书记的门路，居然堂而皇之地戴上了县太爷的"帽子"。高晓声经常在这种小聪明上下功夫，也就是说经常嵌些小骨头。我觉得汪曾祺对高晓声的赞许，也在这一点上，他说高有时候喜欢用方言，自说自话，不管别人懂不懂，不管别人能不能看下去。汪的意思是他反正明白，知道高小说中藏有骨头，那骨头就是所谓促狭。

　　曾经有两次，我和汪曾祺谈得好好的，突然就中止了。我一直引以为憾，后悔自己没有找机会，把没说完的话进一步谈透。一次是九十年代，父亲已经过世，他来南京开会，在夫子庙状元楼的电梯里，很认真地对我说："你父亲的散文，我都看了，很干净，没有一个多余的字……"因为是会议开幕前夕，他刚说完，电梯已到达，门外有人在招呼我们。汪曾祺意犹未尽，被一个小姐带走了。我很遗憾话刚开始就中断，匆匆开始，又匆匆结束。我知道后面还有话要说，他的表情很严肃，并不像一般的敷衍。作为长辈，他很可能要借父亲那本薄薄的散文集，说些什么。也许他觉得父亲不应该写那么少，也许他觉得我写得太多了，总之，提到父亲的时候，他眼睛里充满了一种悲哀。

还有一次是八十年代的扬州街头，当时父亲也在场，还有上海的黄裳先生，我们一起吃早餐，站在一家小铺子前等候三丁包子。别人都坐了下来，只有我和汪曾祺站在热气腾腾的蒸笼屉子前等候。我突然谈起了自己对他小说的看法，说别人都说他的小说像沈从文，可是我读着，更能读出废名小说的味道。他听了我的话，颇有些吃惊，含糊其词地哼了一声，然后就沉默了，脸上明显有些不高兴。我当时年轻气盛，刚走出大学校门，虽然意识到他不高兴了，仍然具体地比较着废名和沈从文的异同，说沈从文的句式像《水经注》，而废名却有些像明朝的竟陵派，然后捉贼追赃，进一步地说出汪曾祺如何像废名。蒸笼屉子里的三丁包子迟迟不出来，我口无遮拦地继续说着，说着说着，汪曾祺终于开口了："你说的也有一定道理，然而——"他显然已想好该怎么对我说，偏偏这时候，三丁包子好了，他刚要长篇大论，我们交牌子的交牌子，拿三丁包子的拿三丁包子，话题就此再也没有继续。

我自己也成为作家以后，才知道汪曾祺当时为什么不高兴。一个作家未必愿意别人说他像谁，"像"并不是个好的赞美词，作家永远是独一无二的好。汪曾祺喜欢说他与沈从文的关系，西南联大时期，汪是沈从文的学生，在写作上曾接受过指导。八十年代也是沈从文热兴起的时候，沈门嫡传是一块金字招牌，汪曾祺心气很高，显然不屑于以此作为自己的包装材料。平心而论，汪小说中努力想摆脱的，恰恰是老师沈从文的某种影响。在语言上，汪曾祺显得更精致，更峭拔，更险峻，更喜欢使才，这种趋向毫无疑问地接近了废名。"为人性僻耽佳句，语不惊人死不休"，鲁迅先生谈起废名时，曾说他有一种"着意低徊，顾影自怜"的情结，汪曾祺也提到过废名的这种自恋，而且是以一种批评态度。废名的名声远不及沈从文，汪谈到一些文学现象，为了让读者更容易明白，在习惯上，提到更多的还是沈从文，因为从熟悉程度上来看，毕竟自己老师更近一点。事实上，说他像沈从文听了都不一定高兴，说他像不如沈从文的废名，当然更不高兴。

高晓声成名后，闹过很多笑话，譬如用小车去买煤球，结果撞了一个老太太。他赔了几十元钱，为此很有些怨言，我笑他自找，煤和霉同音，在八十年代初，很大的官才有小车坐，如此奢侈，报应也在情理之中。那时候，北岛在《新观察》做编辑，有一次来南京找高晓声组稿，用开玩笑的口气问我，听说高写了一篇海明威似的小说，是不是真有其事。我告诉北岛，高不止写了一篇这样的小说，而是断断续续写了一批，这就是《鱼钓》《山中》《钱包》，以及后来的《飞磨》，所谓"海明威似的"说法并不准确，应该说是带一些现代派意味。

高晓声一度很喜欢与我聊天，觉得我最能懂他的话，最能明白他的思想，而且愿意听他唠叨。一九八四年年初，江南下了一场罕见的大雪，我们去了江阴，躲在一家宾馆里，足足地聊了两天两夜。电网遭到破坏，结果我们用掉了许多红蜡烛。秉烛夜谈的情景让人难忘，那时候，已经五十好几的高正陷入一场意外的爱情之中，谈到忘形之际，竟然很矫情地对我说，现在他最喜欢两个研究生，一个是我，另一个当然是与爱情有关了。那是我印象中，高晓声心态最年轻的时候。

忘不了的一个话题，是高晓声一直认为自己即使不写小说，仍然会非常出色。毫无疑问，高晓声是个绝顶聪明的人，如果认真研究他的小说，不难发现埋藏在小说中的智慧。机会属于有准备的人，从一九五七年打成右派，到二十年后复出文坛，他从来没有放弃努力。在"探求者"诸人中，高晓声的学历最高，字也写得最好。他曾在上海的某个大学学过经济，对生物情有独钟，虽然历经艰辛，自信心从来没有打过折扣。落难期间，他研制过"九二〇"，并且大获成功，这玩意究竟是农药，还是生物化肥，我至今仍然不明白。高晓声培育过黑木耳和白木耳，据说有很多独到之处，经他指导的几个人后来都发了大财。

我不知道高晓声有没有对别人表达过这种观点，那就是文学虽然给他带来了巨大荣誉，可是他一直相信，自己如果不写小说可能会更好。在八十年代，随着改革大潮的深入，他似乎看到了更多的发财机会，然而，他的年纪和已经获得的文学功名，已经不允许他再去冒险。很多人的印象中，高晓声只是一个写农民的乡土作家，是个土老帽，可是大家并不知道，他身上充分集中了苏南人的精明，正是利用这种精明，他轻易敲开了文坛紧闭的大门。关于高晓声的成功秘诀，总能听到两个简单化的推论，这就是被打成了右派，是苦难成全了他，另外，他熟悉农民，因为熟悉，所以就能写好。

很显然，高晓声不会真心赞同这种简单的观点。某种特定的场合，他或许会这么说，然而只是权宜之计，是蒙那些玩文学评论的书呆子，他知道这绝不是事情的真相。同时具备两个条件的大有人在，为什么偏偏高晓声出人头地。写作作为一种专业，自然应该有它的独特性。首先，是写作这种最具体的劳动行为，让作家成为作家。作家如果不写，就什么都不是，千万不要避重就轻，颠倒黑白。在被打成右派以前，高晓声就已经是个作家了，因此真实的答案，是一九五七年反右剥夺了一个作家的写作权利，不只是剥夺了高晓声，而且凋零了后来那一大批"重放的鲜花"。事实上，新时期文学的初级阶段，真正活跃在文坛上的，还是那些"文革"后期的笔杆子，这些人中既有初出茅庐的新手，也有重现江湖的旧人。时过境迁，那些充满时代痕迹的文字，都是很好的文学史料，譬如方之，早在七十年代初期，就孜孜不倦地写过一部关于赤脚医生的小说《神草》。

把写作形容为一种手艺似乎有些不大恭敬，然而又不得不让人感到尴尬，它确实是真相的一部分。人们通常认为粉碎"四人帮"前后的小说泾渭分明，是完全不同质的文学现象，却很少去注意它们的一脉相承。其实"文革"腔调并不是一刀就能斩断，在前期那些伤痕文学、问题小说中，"文革"遗韵历历可数，随处能见。高晓声的精明之处，在于他一眼就看透了把戏。换句话说，在一开始，文学并不是什么文学，或者不仅仅是文学。文学轰动往往是因为附加了别的东西，高晓声反复强调自己最关心农民的生存状态，关心农民的房子，关心农民能否吃饱，这种关心建立在一种信念之上，就是文学作为一种工具，可以用来做一些事情。"利用小说进行反党"是"文革"中作家们很重要的一个罪名，"文革"已经结束了，人们仍然相信通过小说，能改变民间的疾苦。

成也萧何，败也萧何。高晓声身上贴着农民作家的标签，俨然是农民利益的代言人，但是他早就在思索究竟什么是文学这个问题。连续两次获得全国短篇小说奖，在当时是非常骄人的成就，面对摄像镜头的采访，在回答为什么要写作的提问时，高晓声嘿嘿笑了两声，带着很严重的常州腔说："写小说是很好玩的事。"那时候电视采访还很新鲜，我母亲看了电视，既吃惊，又有些生气，说高晓声怎么可以这么说话。十年以后，王朔提到了"玩文学"这样的字眼，正义人士群起围剿，很多人像我母亲一样吃惊和生气。高晓声可不是个油腔滑调的人，他知道如何面对大众，绝不会用一句并非发自肺腑的话来哗众取宠。

恰好我手头还保持着一九八〇年的日记，在十二月六日这天，记录我和高晓声的谈话：

214

"我后悔一件事，《钱包》《山中》《鱼钓》这三篇没有一篇能得奖。"

　　"是呵，《陈奂生》影响太大了，"我说，"我看见学校的同学在写评选单的时候，都写它。"

　　"唉，可惜。"他叹气。

　　"《陈》影响比较大。"

　　"是的，《陈》是雅俗共赏的，大家都接受。"

　　"但愿上面（评奖组）会换一下。"

　　"不会的。"

　　如果不是记录在案，真不敢相信当时会有这样的文字，而且是小说体。有一点我永远也忘不了，这就是高晓声对自己的这些现代派小说自视甚高。在十二月十四日的日记中，有这么一段记录他的话：

　　　　"《山中》是我最花气力的一篇小说，一个字，一段，都不是随便写出来的。"

　　　　我告诉他，《山中》以及同类题材三篇反映不好，有人看不懂。

　　　　他只是抽烟，临了，拧灭："一句话，我搞艺术，不是搞群众运动。"

……

"我的作品，要是有个权威出来说话，就好了。"

我说："光权威还不够，有更厉害的。"

"谁?"

"洋鬼子。"

他笑了。

"真的，你不要笑。现在最怕的就是洋鬼子，假如有个外国人站出来，说高晓声的作品如何，再和一个什么时髦的流派不谋而合，于是，你就要轰动了。"

他信服地点点头。

"像把《钱包》翻译出去，就是件好事。"

"对的，外国人他们是识货的。"

"当然，不能光译文，最好是那些精通汉文的文学家，他们对中国社会了解，感受深，感觉也准确。"

"就是呀，要不然，我的语言他们理解不了。"

那段时间，和高晓声之间有很多这样的对话，我只是觉得好玩，随手记了下来。当然有些属于隐私，不便公布。我不过想说明一点，当高晓声被评论界封为农民代言人的时候，身为农民作家的他想得更多的其实是艺术问题。小说艺术有它的自身特点，有它的发展规律，高晓声的绝顶聪明，在于完全明白群众运动会给作家带来好处，而且理所当然享受了这种好处。但是，小说艺术不等于群众运动。在当时，高晓声是不多的几位真正强调艺术的作家之一，他的种种探索，一开始处于被忽视的地位，即使在今天提起的人也不多。我们谈起大陆的现代派运动，往往愿意偷懒，一步到位，从八十年代中期开始说起，张口就是新潮小说或者先锋小说。其实早在八十年代初期，有思想的作家就跃跃欲试。值得指出的，大陆的现代派最初更热衷的是形式，这集中在那些尚未成名的青年作家身上，中年作家通常不屑这些时髦玩意，王蒙小说中有些意识流已难能可贵，像高晓声那样在小说中描写人的普遍处境，极力在内容上下功夫，用北岛的话来说，写出了"海明威似的"小说，简直就是凤毛麟角。

汪曾祺的叫好，充分反映了文坛的一种期待。高晓声动用了"国际水平"这样的大词，说明他在汪的小说中，看到了自己久已等待的东西。如果说，高晓声还在试图寻找艺术，还在琢磨如何做好艺术这道大菜，汪曾祺横空出世，很随意地将美味佳肴端到了读者面前。

汪曾祺的小说，很像一场不流血的革命。悄悄地来了，悄悄地有些反响。它不像意识流小说那么时髦，那么张扬，那么自以为是。新时期初期小说中的现代派，更多的是外在，表面上做文章，不加标点符号，冒冒失失来上一大段，然后便宣称已把意识像水的那种感觉写出来了。意识流更像是一场矫情做作的形式革命，根本到达不了文学的心灵深处，在一开始就老掉牙，它的特殊意义，不过是往保守的传统叙述方式中，扔了几颗手榴弹。

如果汪曾祺的小说一下子就火爆起来，结局完全会是另外一种模样。具有逆反心理的年轻人，不会轻易将一个年龄已不小的老作家引以为同志。好在一段时间里，汪曾祺并不属于主流文学，他显然是个另类，是个荡漾着青春气息的老顽童，虽然和年轻人的方式完全不一样，然而在不屑主流这一点上找到了共鸣。文坛非常世故，一方面，它保守，霸道，排斥异己，甚至庸俗；另一方面，它也会见风使舵，随机应变，经常吸收一些新鲜血液，通过招安和改编重塑自己形象。毫无疑问，汪曾祺很快得到了年轻人的喜爱，而且这种喜爱可以用热爱来形容。在八十年代中后期，他的声名与日俱增，地位越来越高，远远超过了高晓声。

一九八六年暮春，我的研究生论文已经做完，百无聊赖。一个偶然契机，为一家出版社去北京组稿，出版社的领导相信，我的特殊身份会比别人更容易得到名家稿件。这颇有些像今天的学生打工，当时并没有任何报酬，只是报销了差旅费。我第一次到北京不住在自己家，因为还有一个研究生同学与我同行，而且几乎整天骑自行车在外面跑。通过分配在北京的大学本科同学，我们下榻在外交部招待所，所以要提一句，因为它前身是著名的六国饭店，虽然破烂不堪，一个房间住六个人，当年的豪华气派隐约还在。短短的几天里，收获颇丰，我们走马观花，接连拜见了许多名家，其中就包括汪曾祺。

从六国饭店去拜见汪曾祺，仅仅从字面上看，仿佛在说一个民国年间的古老故事。事实上，当时的商业大潮已如火如荼，北京已开始像个大工地。我们骑着两辆又破又旧的自行车，风尘仆仆到了蒲黄榆路，见了汪曾祺以后，称呼什么已记不清，对于父辈的人，我一向伯伯叔叔乱叫。事先林斤澜已打过招呼，汪曾祺知道我们要去，因此没有任何意外，只是问我们从哪里来，怎么来的，问父亲的情况，问祖父的情况。我们冒冒失失地组稿，胡乱约稿，长篇短篇散文，什么都要。汪笑着说他写不了长篇，然后就闲扯起来。

那一年我已经快三十岁，做过四年工人，读了七年大学，当过一年大学教师，社会经验严重不足。我只是一个业余的编辑，初出茅庐，对文坛充满好奇心。汪曾祺住在一套很普通的房子里，不大，简陋，记忆最深的是卫生间没有热水器，只有一个土制的吸热式淋浴器，这玩意现在根本见不到。很难想象自己心目中的一个优秀作家，就生活在这样的一个环境里，房子仍然还有几成新，说明在这之前的居住环境可能更糟糕。我记得林斤澜几次说过，汪曾祺为人很有名士气，名士气的另一种说法，就是不随和。我伯父也谈过对汪的印象，说他这人有些让人捉摸不透，某些应该敷衍应酬的场合，坚决不敷衍应酬，关键的时候会一声不吭。说老实话，我的这位伯父也不是个随和的人，他眼里的汪曾祺竟然这样，很能说明问题。

在父辈作家中，汪曾祺是最有仙气的一个人。他的才华出众，很少能有与之匹敌的对手。父亲在同龄人中也算出类拔萃，但是因为比汪小六岁，文化积累就完全不一样。虽然都被打成右派，虽然都长期在剧团里从事编剧工作，汪的水平要高出许多。很重要的一个原因，是汪在抗战前，基本完成了中学教育，而父亲刚刚读完小学。童子功不一样，结果也就不一样。和汪曾祺接触过的人，都应该有这样的体会，那就是他确实有本钱做名士。名士通常学不来的，没有才气而冒充名士，充其量也就是领导干部混个博士学位，或者假洋鬼子出国留一趟学。汪曾祺和高晓声有一个共同点，都是大器晚成。苦心修炼而得道，不鸣则已，一鸣惊人。高晓声出山的时候，已经五十岁，汪曾祺更晚，差不多快六十岁。

在我的印象中，并没有见到多少汪曾祺的不随和。只有一次，参观一个水利枢纽展览，一位领导同志亲自主讲，天花乱坠地做起报告来，从头到尾，汪曾祺都没有正眼瞧那人一眼。这给我留下了非常深刻的印象，以后遇到类似的场合，忍不住便想模仿。我们已经习惯忍受毫无内容的报告，习惯了空洞，习惯了大话，习惯了不是人话。仅仅一次亲眼看见已经足够了，窥一斑而知全豹，这正是我在现实生活中所期待的，而在此前，文人的名士气通常只能在书本上见到。我成长的那个年代里，文人总是夹着尾巴做人，清高被看成一个很不好的词，其实文人不清高，还做什么文人。

还有一次是在林斤澜家。父亲去北京，要看望老朋友，一定会有他。那次是林斤澜做东，让我们父子过去喝酒，附带也把汪曾祺喊去了。林和汪的交情非同一般，只有他才能对汪随喊随到。开了一瓶好酒，准备了各色下酒菜，在客厅的大茶几上摆开阵势，我年龄最小，却最不能喝，汪因此笑我有辱家风。这时候已是一九八九年的秋天，汪曾祺自己的酒量也不怎么行了，父亲也不能喝，真正豪饮的只有林斤澜。对于父亲来说，我吃不准是不是最后一次与林、汪在一起，好像就是，因为自从前一年祖父过世，这是父亲最后一次去北京。这样的聚会实在太值得纪念，记得那天说了许多不久前发生的事情，汪和林都有些激动，有些感叹，也有些愤怒。后来话题才转开。印象中的汪曾祺，不仅有名士气，而且是非分明，感情饱满。

记忆中，更多的是汪曾祺的随和。那一年在扬州，我作为具体办事人，竟然安排他住了一间没有卫生间的房间。这种疏忽如今说起来，真是不应该原谅，应该狠狠地打屁股。让已经高龄的汪半夜三更起来上公共厕所，只有我这种刚出大学门的书呆子才能做出来，事实上，我根本就没想到上厕所的问题。当时完全是为了搞情调，好端端的酒店不去住，却住到了小盘谷公园，这里风景如画，于是便忽视了它的设施太落后。这是我一直感到后悔的一件事，虽然汪从来没有表示过怨言，而且夸奖我比他年轻时办事能力强，但是我不得不承认自己确实不像话。说起来真惭愧，当时我身上带着一笔公款，因为稀里糊涂，这笔公款竟然几次差点丢掉，一次丢在包租的面包车上，还有一次更悬乎，人都上了去镇江的渡轮，突然想到搁钱的黑皮包还丢在参观的地方。

我的糊涂一定也给汪留下了印象，到后来，每次出发转移，他都笑着问我，钱是否带着或保管好了。我父亲已是有名的糊涂人，他的公子事实证明更糟糕。那时候，还没有一百元的钞票，也不过是几千块钱，害得我成天失魂落魄。前后大约有半个月，江南江北访古寻幽，就我一个莽撞的年轻人，冒冒失失地领着几位老先生东奔西跑，这种荒唐今天想起来根本就不可能。除了应该到的名胜之外，我们还去了一些很容易被忽视的地点，在扬州，去隋炀帝陵，在常州，去黄仲则的两当轩，参观一间东倒西歪的旧房子，去赵翼故居，拜谒一个破败的楠木大厅，还去了正在筹备的恽南田故居，汪在那写诗作画，泼墨挥毫技惊四座。

高晓声和汪曾祺都是我敬重的前辈，是我文学上的引路人。八十年代的大多数时间，我在大学里苦读，不断地写些东西，对自己的未来，一直没什么明确目标。是高晓声和汪曾祺这样的作家，活生生地影响了我，让我跃跃欲试，但是也正是他们，让我对是否应该去当作家产生怀疑。按照我的看法，高和汪能成为优秀作家，都是因为具备了特殊素质，他们都是有异秉的人，高晓声绝顶聪明，汪曾祺才华横溢，而我恰恰在这两方面都严重不足。

我忘不了高晓声告诉的一些小经验，他告诫我写文章，千万不能走气，说废话没有关系，但是不要一路点题，写文章是用气筒打气，要不停地加压，走题仿佛轮胎上戳了些小孔，这样的文章看上去永远瘪塌塌的，没有一点精神，而文章与人一样，靠的就是精神。高晓声还教会我如何面对寂寞。很长时间，我陷入深深的苦闷之中，写的小说一篇也发表不了，他却认为这是好事，说你只要能够坚持，一旦成功，抽屉里的积稿便会一抢而空。对于小说应该怎么写，高晓声对我的指导，甚至比父亲的教诲还多。同样，虽然没有接受过汪曾祺的具体辅导，但汪文字中洋溢的那种特殊才华，那种惊世骇俗的奇异之气，一度成为我刻意学习的样板。我对汪曾祺的文体走火入魔，曾经仔细揣摩，反复钻研，作为他的私淑弟子，我至今仍然认为《异秉》是汪曾祺最好的小说。

毫无疑问，这是两位应该入史的重量级人物。评价他们的文学地位，不是我能做的事情，是非自有公论。我不过坐井观天，胡乱说说高晓声的聪明和汪曾祺的才华。进入九十年代，我一直在想，为什么我敬重的这两位作家，都不约而同越写越少。很显然，写作这工作，在高、汪看来，都不是什么难事。高晓声不止一次告诉我，事实上，他一年只要写两三个月就足够了。对于高晓声来说，写什么和怎么写，他都能比别人先一步想到。他毕竟太聪明了，料事如神，似乎早就预料到文学热会来，也会很快地就去。在热烈的时候，他是弄潮儿；在冷下去的时候，他便成了旁观者。在七十年代末八十年代初，高晓声每年写一本书，到八十年代和九十年代，几年也完成不了一部作品。

年龄显然是个很好的借口，然而肯定不是唯一的托词。这两个人出山的时候，年龄都已经不小了。有时候，我会自以为是，不知天高地厚地做假设，会不会物极必反，这两个人的聪明和才华，最后不幸都成了反动的东西。譬如高晓声，他敏锐地意识到，既然是搞文学，就要把它当作艺术来搞，就要有探索，有试验，然而这种探索和试验，由于脱离群众，注定是不会叫好的，对于一个成名的作家来说，不叫好将是一件很难忍受的事情。高的聪明是不是表现在他清醒地意识到，既然不叫好，还写它干什么。因为聪明，所以看透了文学的把戏。在高的晚年，已经看不到什么写作激情，而在汪曾祺后来的文章中，同样也看不到激情，汪刚出山时的那种喷薄之势，那种拔剑四顾无对手的气概，说没有就没有了。

有时候，过分的尊敬是否也会成为一种伤害。我们给知识分子似乎只有两种选择，不是捧上天堂，就是打入地狱。进入八十年代，作家地位有个短暂而急剧的上升过程，因为上升太快，后来的作家便会有些不服气的委屈。从一个小细节上，也可以看到这种变化。譬如父亲最初称呼汪曾祺，一直叫他老汪，然而到后来，不知不觉地便改口了，改成了"汪老"。我记得邵燕祥在文章中，好像也提到过，他也是不明白自己怎么就改了称呼。毫无疑问，这里面很大的原因是出于尊重。我想汪曾祺自己未必会喜欢这样，他可能会觉得很意外，觉得生分，当然也可能根本就没有意识到。然而，即使是没有意识到的问题，仍然会成为问题。在后来的写作中，汪曾祺似乎总是有太多的才华要表现，表现才华最后演变为挥霍才华，结果才华仅仅也就是才华，既是手段，又是目的。

举个不恰当的例子，新时期文学开始阶段，文学水准虽然粗糙，却很像历史上的初唐，这是个生机勃勃的时代，孕育着大量机会。高晓声和汪曾祺能够复出文坛，叱咤风云，显然与时代有关，早不行，晚也不行。高晓声曾经特别喜欢重复一个段子，说有四个人要过河，被摆渡人蛮横地拦住了，要他们拿出自己最宝贵的东西来，否则就留下来。四个人分别是有钱人，大力士，做官的，作家。有钱的用钱开路，大力士亮了亮拳头，做官的说我给你换个更舒服的工作，作家无计可施，便说我唱首歌吧。唱完了，摆渡人说你的歌难听死了，还不如做官的说得好听，于是把他扔在了河边。天渐渐黑了，作家又冷又饿，想到家中的妻儿，不禁仰天长叹，说自己平生又没有作过孽，为什么没有路可以走。这一声长叹让摆渡人听见了，说这才是你最宝贵的东西，比刚才唱得好听，我送你过河吧。高晓声想说的是，作家就应该有这种发自内心的感叹，而且他进一步发挥这个故事，说摆渡人在做官的照顾下，改行了，作家便当起了摆渡人，因为他突然明白自己的工作性质和摆渡人是一样的。

高晓声在晚年，根本不愿意对我谈起什么写作。他已经变得不屑与我说这些。他的心思都用到别的事情上，像候鸟一样飞来飞去。作为小辈，对他的私事我不应该多说，只是感叹他晚年的生活太不安定，安定又是一个作家所必需的。作家通过写作思考，不写作，就谈不上思考。有一天，他突然冒冒失失地出现在我面前，说今天在你这儿吃饭，有什么吃什么。那时候父亲已经过世了，他好像真的只是来吃饭，喝了些酒，夸我妻子烧的菜好吃，尤其喜欢新上市的蚕豆。我们没有谈文学，没有谈父亲，甚至都没有谈自己，谈了些什么，我根本记不清楚。妻子连忙又去菜场，专门烧了一大碗蚕豆让他带走。他就这么匆匆来，匆匆去，机关的车送他来，然后又是机关的车送他去。晚年的高晓声可以有很多话题，他开始练书法，练自己发明的气功，不断地有些爱情故事，可惜都与文学没什么关系。

我一直不明白的是，好端端一个中国当代文坛，为什么很快从初唐，进入了暮气沉沉的晚唐，没有盛唐，甚至没有中唐。从王、杨、卢、骆的欣欣向荣，一下子到了李商隐和杜牧的年代，这种太快的过渡，让人匪夷所思，让人目瞪口呆。我忘不了汪曾祺讲述的"文革"中被江青接见的故事。他叙述的时候，先是平静，继而苦笑，最后忍不住感叹。这是他一生最戏剧性的一面，后来，他用典型的汪氏简洁文笔，将这段故事写下来寄给我，如果说我不长的编辑生涯中，还编过一些好稿子，这篇文章应该名列榜首。二〇〇〇年初冬，汪曾祺的老家为他建纪念馆，征集留言，我写了几句话：

> 汪先生的才华举世公认，即使"文革"那样的背景，也出类拔萃。假如没有被打成右派，没有"文化大革命"，没有政治运动，汪先生一定会取得更大成就。好在历史终于给他最后机会，汪先生丰富了新时期文学，影响了一代作家。求仁得仁，这是人间的第一等快事。功遂身谢，名由实美，汪先生仰首伸眉，笑傲文坛，顾盼自雄。

写了这段文字以后，我知道自己以后一定还会再写些什么。早在一九四六年，接受记者采访的时候，沈从文先生很有激情地说起当时最好的青年作家，是刚在《文艺复兴》上发表小说的汪曾祺。到"文化大革命"中的一九七二年，沈先生给巴金夫人萧珊写信，又描述了汪曾祺当时的形象，说他现在已成了名人，头发也开始花白，"初步见出发福的首长样子，我已不易认识"，这"不易"两个字很耐咀嚼，然后笔锋一转，说"后来看到腰边的帆布挎包，才觉悟不是首长"。生姜自然老的辣，沈先生是什么人，笔落惊风雨，诗成泣鬼神。

到"文化大革命"结束的时候，巴金老了，沈从文老了，写小说已没有那个精力。待从头，收拾旧河山的光荣任务，天降大任落到汪曾祺和高晓声这一代人身上。一个人真没有机会，呼天天不应，求地地不听，但是机会一旦出现，就只能属于有充分准备的人。聪明过人的高晓声登场了，才华过人的汪曾祺也登场了。当我们仰天长叹，对剥夺巴金和沈从文写作权利的那个时代，表示切齿痛恨之际，不得不庆幸后面一代人的运气太好，他们苦尽甘来，终于在最后抓住际遇。

今人不见古时月，今月曾照古时人。凡是读过《异秉》的人，都免不了去想，去思索，琢磨小说中王二的"异秉"

究竟在什么地方。汪曾祺借王二之口，幽了一默，说他的奇异之处，只是"大小解分清"。什么叫"大小解分清"，王二进一步解释说：

　　我解手时，总是先解小手，后解大手。

　　这是王二随手扔的一块香蕉皮，顿时很多人中计，滑了一个大跟头。小说结尾时，厕所里已人满为患，大家都去抢占茅坑，研究自己是否有"异秉"。我喋喋不休提起《异秉》，喜欢这篇小说之外，更觉得可以用它说事。无论高晓声的聪明，还是汪曾祺的才华，都十分难得，这些东西本身就是"异秉"，是镜中花，是水中月，无迹可寻，可遇不可求。后人如果不明白，希望通过模仿，学些聪明和才华的皮毛，驾轻车走熟路，野心勃勃到文坛上去闯荡，去捞些什么，注定只能铩羽而归。高晓声和汪曾祺获得了应有地位，后来作家如果不能从他们的树荫中走出来，不另辟蹊径，不披肝沥胆，文学的前景就没什么乐观。换句话说，当代文学如果不够繁华，是否与太多的聪明和才华有关。

　　　　　　　　二〇〇三年一月二日　河西

万事翻覆如浮云

一

父亲在北方有许多朋友，每次去北京，最想看望的是林斤澜伯伯。我们父子一起去京的机会不多，在南京聊天，父亲总说下次去北京，带你一起去看你林伯伯。忘不了有一次，父亲真带我去了，我们站在一片高楼前发怔，北京的变化实在太大，转眼之间，新楼房像竹笋似的到处冒出来。一向糊涂的父亲，一下子犹豫起来，就跟猜谜似的，他完全是凭着感觉，武断地说应该是那一栋，结果真的就是那一栋。

我忘不了父亲找到林伯伯家大门时的那种激动心情。

他孩子气地叫着"老林"，一声接着一声，害得整个楼道里的人，都把头伸了出来。我也忘不了林伯伯的喜出望外，得意忘形，乐呵呵地迎了过来。两个有童心的老人，突然之间都成了小孩。友谊是个很珍贵的东西，杜甫在《奉简高三十五使君》中曾写道："行色秋将晚，交情老更亲。"父亲那一辈的人，并不是都把朋友看得很重，这年头，名利之心实在太重，只有淡泊的老人，才会真正享受到友谊的乐趣。

父亲过世后，林伯伯在很短的时间里，写了两篇纪念文章。仅仅是这一件事，就足以说明他和父亲的私交有多深。在贵州，一次和当地文学爱好者的对话会上，我紧挨着林伯伯坐在主席台上，林伯伯突然小声地对我说，他想起了我父亲，想起了他们当年坐在一起的情景。此情此景，物是人非，我的心猛地抽紧了一下，一时真不知说什么好。相逢方一笑，相送还成泣，我想父亲地下若有知，他也会和林伯伯一样，是绝对忘不了老朋友的。

林伯伯比我父亲大两岁，他长得相貌堂堂，当作家真有些可惜。女作家赵玫女士的评价，说他的五官有一半像赵丹，有一半像孙道临。准确地说，应该是赵丹、孙道临这些大明星，长得像林伯伯。林伯伯已经七十多岁了，可年轻人也没有他现在的眼睛亮。年轻一代的作家叫林伯伯自然称林老师，他们知道林伯伯和我们家的关系，跟我谈起来，总喜欢说你林伯伯怎么样。年轻人谈起老年人，未必个个都说好，但是我从没有听谁说过林伯伯的不是。年轻人眼里的林伯伯，永远是一个年轻的老作家。

还是在贵州，接待人员尽地主之谊，请我们吃当地的小吃。一人一大碗牛杂碎，林伯伯热乎乎地吃完了，兴犹未尽，又换了一家再吃羊杂碎，还跟柜台上的老板娘要了一碗劣酒，酒足饭饱，红着脸，从店铺里摇晃出来，笑我们这么年轻，就不能吃，就不爱吃。马齿虽长，童心犹在，老作家中的汪曾祺和陆文夫，都是有名的食客，食不厌精，脍不厌细，然而他们的缺点，都是没有林伯伯那样的好胃口。没有好胃口，便当不了真正的饕餮之徒。只有像林伯伯这样的童心，这样的好胃口，才能吃出天下万物的滋味。

父亲在世时，常说林伯伯的小说有些怪。怪，是对流行的反动。他不是写时文的高手，和众多制造时髦文章的写手混杂在一起，在林伯伯看来也许很无趣。道不同不相为谋。林伯伯写毛笔字，写的是篆书。他似乎从来就没有真正地大红大紫过。我刚开始写小说的时候，就听林伯伯说过，他和汪曾祺先生的小说，都不适宜发头条。现在已有所改变，他和汪的小说屡屡上了头条，说明时文已经不太吃香，也说明只要耐着性子写，细水长流，则能穿石。

出水再看两腿泥，文章小道，能由着自己的性情写下去，总能在历史上找到自己的位置。

二十多年前，高中毕业无事可干，我在北京待了将近一年，那段时间里，常常陪祖父去看他的老朋友，都是硕果仅存、名重一时的人物。后来又有幸认识了父亲一辈的作家，经过一九五七年反右和"文化大革命"的双重洗礼，这些人像出土文物一样驰骋文坛，笑傲江湖，成为当代文学的中坚。前辈的言传身教，让我获益匪浅。林伯伯曾戏言，说我父亲生长在"谈笑皆鸿儒"的环境里，我作为他的儿子，自然也跟着沾光。对于自己亲眼见过的前辈作家，我有许多话可以侃，有许多掌故可以卖，然而林伯伯却是我开始写的第一位。

二

以上文字写于一九九六年的十二月，当时何镇邦先生在山东《时代文艺》上主持一个专栏，点名要我写一点关于林斤澜的文字。我一挥而就，并扬言这样的文章可以继续写下去，结果以后除了一篇《郴江幸自绕郴山》写了汪曾祺和高晓声，从此就没有下文。陆文夫过世的时候，很多报刊约写文章，我在追思会上也表示要写一篇，转眼又是好几年过去，文字却一个也没有写，真有些说不过去。

大约是七十年代末，我正在大学读书，动不动逃学在家。有一天，父亲领了一大帮人来，其中早已熟悉的有高晓声和陆文夫，不熟悉的是北京的几位，有刘绍棠，有邓友梅，有刘真，印象中还有林斤澜。所以要说印象中，是事情过了三十年，重写这段往事，我变得信心不足，记忆开始出现问题。或许只是印象中觉得应该有，本来还有一个人要一起过来，这就是刘宾雁，他临时被拉去做讲座了。

多少年来，一直都觉得那天林斤澜在场，当我认认真真地要开始写这一段回忆文字时，突然变得谨慎起来。本来这事很简单，只要问问身边的人就行，可是过眼烟云，父亲离世已十七年，高晓声和陆文夫不在了，刘绍棠不在了，当事人林斤澜也走了，刘宾雁也走了，刘真去了澳大利亚，国内知道这事的只剩下邓友梅。当然，林斤澜在不在场并不重要，物以类聚人以群分，那年头的右派常有这样那样的聚会，而林却是混迹其中唯一不是右派的人。

林斤澜没当上右派几乎是个笑话，能够漏网实属幸运，他和右派们根本就是一丘之貉，也没少犯过错误，也没少受过迫害。一为文人，便无足观，想想一九四九年以后，改革开放之前，作家哪有什么好日子可过。林斤澜从来不是一个胆小怕事的人，把他和右派们放在一起说，没有一点问题，有时候他甚至比右派还右。九十年代初，我去北京开会，好像是青创会之类，反正很多人都去了，一时间很热闹很喧嚣，我打电话问候林斤澜，他很难得地用长辈口吻关照，说多事之秋，做人必须要有节操，要爱惜自己的羽毛，做人不一定要狂，但是应该狷的时候，还是得狷，不该说的话千万不要乱说。狂者进取，狷者有所不为也。我明白他说的那个意思，让他尽管放心，我本来就不喜欢在公众场合表态，更何况是说违心的话。

还是回到那天在我家的聚会上，之所以要想到这个十分热闹的场面，因为这样的聚会属于父辈这一代人，只有劫后余生的他们才能分享。右派们平反后，行情看涨，开始扬眉吐气，一个个都神气活现，文坛上春风得意，官场上不断进取。记得那天话最多的是刘绍棠，然后就是邓友梅，说什么内容已记不清楚，不过是高谈阔论，口无遮拦指天画地。北方人总是比南方人嗓门高一些，我念念不忘这事，是想不到在我们家客厅，竟然会一下子聚集了这么多文坛上的著名右派。说老实话，作为一个晚辈，我当时也没什么别的想法，也轮不到我插嘴，只是觉得很热闹，觉得他们一个个返老还童了，都太亢奋。

二〇〇六年开作代会，在北京饭店大堂，林斤澜抓住了我的手，很难过地说："走了，都走了！"反反复复地念叽，就这一句话。眼泪从他眼角流出来，我知道他是指父辈那些老朋友，一看见我这个晚辈，就又想起了他们。终于平静下来，我不知道说什么好，他沉默了一会，又说："你爸爸走了，曾祺也走了，老高也走了，老陆也走了，唉，怎么都走了呢?"

我能感受到他深深的悲哀和无奈，林斤澜是最幸运的，与过世的老朋友相比，他最健康，心态最好，创作生命也维持得最久，直到八十多岁，还能写。这时候，他八十三岁了，精神还不错，两眼仍然有神，可是走路已经缓慢，反应明显不如从前。也是我最后一次跟他见面。今年四月，程绍国兄发信给我，告诉不好消息：

> 兆言兄，林斤澜先生病危（全身浮肿，神志时清时不清），离大去之期不远矣。这是他五妹今早通知我的。悲恸。

第二天晚上，又来了一信，像电报一样，只有几个字：

> 林老下午去世。绍国。

我打开信箱，见到这封信，无限感慨，心里十分难过，傻坐了一会，回了一封短信：

刚从外面回来，刚看到，黯然销魂。无言。兆言

真不知道说什么才好，一九七九年第四次文代会召开，据说有一个很感人的场面，就是大家起立，为过去年代遭迫害而过世的作家默哀。从此，文坛旧的一页翻了过去，新的一页打开。当时有一个流行词叫"新时期"，还有一个词叫"重放的鲜花"，这鲜花就是指父亲那辈人，那些在五十年代开始写作的作家们又重新活了过来。时过境迁，新的那一页也基本上翻了过去，"重放的鲜花"大都凋零，父辈的老人中虽然还有些幸存者，譬如邵燕祥，譬如李国文，譬如王蒙和邓友梅，还有张贤亮，还有江苏的梅汝恺和陈椿年，但是那个曾经让他们无限风光的时代，却已无可奈何地结束了。

三

右派平反以后，中文系的支部书记约我这个学生谈话，说是在我的档案中，有一些父亲的材料，要当面销毁。我觉得很奇怪，说为什么要销毁呢，这玩意已存在了很多年。

238

书记说销毁了，对你以后的前途就不再会有什么影响，这可是黑材料。我拒绝了书记的好意，认为它们既然未能阻止我上大学，那么也就阻止不了别的什么。

右派是从十八层地狱里爬出来的人，我实际上是直到右派平反，才知道父亲和他的那些朋友是右派。这些并不光彩的往事，一直都是瞒着我的，在此之前，我只见过韩叔叔陆叔叔。韩是方之，他姓韩，方之是笔名，陆就是陆文夫，他来过几次南京，是我应该称之为叔叔的父亲众多好朋友之一。在我的记忆中，"探求者"成员被打成右派后，互相往来很少。除了父亲和方之，他们都在南京，是标准的难兄难弟，根本顾不上避嫌疑，其他的人几乎断绝音信，譬如高晓声，父亲就怀疑他是否还在人间。

和知道方之一样，我最早知道的陆文夫，既不是作家，也不是美食家。方之与陆文夫在"文革"中都下放苏北农村，粉碎"四人帮"后，分别回到南京和苏州，然后就跃跃欲试，开始大写小说，加上一直蛰伏在常州乡间的高晓声，很快名震文坛享誉全国。陆文夫是江苏第一个得全国短篇小说奖的人，也是获得各种奖项最多的一位。加上方之和高晓声，紧随其后跟着获得大奖，在八十年代文学热的大背景下，一时间，只要一提起江苏的"探求者"，人们立刻刮目相看。

陆文夫在"文革"后期有没有写过小说我不知道，反正方之和高晓声是努力地写了，在那个特定时期，他们的小说不可能写好，也不可能产生任何影响。"文革"后期开始文学创作，思想虽然不可能解放，最大的好处是可以提前预热，先活动活动手脚，俗话说"一招鲜，吃遍天"。当然右派作家还有一个优势，早在五十年代已开始写作，有着很不错的基础，本来就是不错的写手，赶上新时期这个好日子，水到而渠成，大显身手独领风骚便在情理之中。显然，江苏作家中的陆文夫运气要好一些，一出手就拿了个奖，方之没那福分，他的《在阁楼上》与陆文夫的《献身》发表在同一年《人民文学》上，同样是重头稿，而且还要早一期，也有影响，却只能看着《献身》得奖。

说到文学风格，方之自称为辛辣现实主义，称高晓声是苦涩现实主义，称陆文夫是糖醋现实主义。方之小说的辛辣味道，一度并不见容于文坛，其代表作《内奸》被退了两次稿，这让他觉得很没面子，不止一次当着我的面骂娘。好在《内奸》还是发表了，而且很快得了全国奖，这个奖被评上不能说与方之的逝世有关，然而在评奖之前，方之的英年早逝引起文坛震惊，连巴金都赶写了文章悼念，也是不争的事实，毕竟是影响太大，说红就红了。

平心而论，在八十年代初期，高晓声要比陆文夫更红火一些。这时候方之已经过世，如果他还健在，也可能会在陆文夫之上。无疑是与个人的文学风格有关，不管怎么说，当时是伤痕文学的天下，整个社会都在借助文学清算过去，都在利用小说出气，辛辣和苦涩未必见容于官方，却更容易引起读者的共鸣。真正奠定陆文夫文坛地位的是后来的《美食家》，不仅因为又得了全国奖，而且它产生的影响连绵不断，一浪盖过一浪。相比高晓声和方之的一炮而红，陆文夫略有些慢热，一开始可以说是不温不火，在《美食家》之前，既能够被别人不断说起，有点小名气，又还不至于充当当时文坛的领军人物。

《美食家》改变了一切，陆文夫名声大振，小说被到处转载，又是电影又是电视。不只是文坛，而且深入到了民心，影响到了国外，上到政府官员，下到平头百姓，只要提到一个"吃"字，只要说到会吃的主，就无人不知陆文夫。

四

我一直觉得"美食家"三个字，是陆文夫的生造，在没有《美食家》这篇小说前，工具书上找不到这个词。有一次，一个朋友让我写信，催陆文夫许诺要写的一篇序，我冒冒失失就写了信，结果陆很生气，立刻给我回信，说自己从来没答应过谁，说别人骗你来蒙我，你竟然就跟着瞎起哄。反正我是小辈，被他说两句也无所谓，只是朋友向我诅咒发誓，认定陆文夫是当面答应过的，他现在又赖账不肯写了，也没有办法。后来我跟陆文夫讨论此事，他笑着说，要答应也肯定是在酒桌上，或许是有的，不过喝了酒说的话，自然是不能作数。

陆文夫与父亲还有高晓声喝酒都是一个路数，喜欢慢慢地品，一边喝一边聊，酒逢知己千杯少，从上顿喝到下顿并不罕见。我不善饮，只能陪他们聊天。父亲生前常常要说笑话，当面背后都说，说陆叔叔现在已成了"吃客"，嘴越来越刁了，越来越不好待候。"吃客"是苏州土话，也就是美食家的意思。父亲是苏州人，陆文夫长年客居苏州，他们在一起总是说苏州话，而这两个字非得用方言来念才有味道。如果陆文夫的小说当初以"吃客"命名，说不定现在流行的就是这两个字。

父亲的话有几层意思。首先作为老朋友，他过去并不觉得陆文夫特别会吃。士别三日当刮目相看，父亲见过很多能吃的前辈，说起掌故来头头是道，以吃的水平论，陆只能算是晚辈。其次陆文夫不好辣，缺此一味，很难成为真正的美食大家，父亲少年时曾在四川待过，总觉得川菜博大精深，不能吃辣将少了很多乐趣。第三点更重要，好吃乃是一件很堕落的事，是败家子和富家子弟的恶习，是男人没出息的表现，陆文夫并非出自豪门，主要人生经历都在新中国成立以后，生活在红旗下，不是搞运动，就是三年自然灾害，就是"文化大革命"，哪来吃的基础。

右派平反以后，老朋友经常相聚，有一次在我家喝酒，方之怀旧，说到了他的自杀经历，说自己曾经吞过两瓶安眠药，然后就什么知觉也没有了，醒来时不知身处何处，只听见妻子十分痛苦地问他觉得怎么样。往事不堪回首，说着说着，方之忽然伏在桌上哭了起来，父亲和陆文夫也立刻跟着流起了眼泪。

哭了一会，方之说："你们都没有过死的体会，我算是有过了！"

这句话又勾起了大家的伤心，在过去的岁月里，同是天涯沦落人，生不如死，谁没有过想死的心呢。"文革"中，父亲确确实实想到了要结束自己的生命，但是没有勇气一个人走，便相约同是被打倒的母亲一起死，母亲断然拒绝，说我们这么不明不白地一死，那就真成了阶级敌人。陆文夫最难熬的却是在"文革"前夕，当时他"戴罪"写了几个短篇小说，因为茅盾的叫好，正踌躇满志，没想到有关方面正好要挑刺，便说茅公是"与党争夺文学青年"。陆文夫经过了反右的风风雨雨，刚有些起死回生，又突然成了"妄想反攻倒算的右派"。这件事对他的打击很大，一时间万念俱灰，不想再活了。有一天傍晚，他走到一个小池塘边，对着静静的湖水发呆，想就此给自己的人生一个交待。

这几乎就是一个小说中的情节，然而千真万确，所幸被一位熟人撞见，拉着他喝了一夜老酒，才打消了他轻生的念头。方之过世，陆文夫从苏州赶到南京，先到我家，站在门外，叫了一声"老叶"，便情不自禁地哭了。然后缓缓进屋，坐在方之生前喜欢坐的红沙发上，又掩面痛哭，像个伤心的小孩子。又过了十多年，轮到了父亲要走了，我忘不了陆文夫悲哀伤心的样子，在医院里，他看着已经神志不清的父亲，眼睛红了，叹气不止。这以后，他一次次在电话里关切询问，然后又匆匆从苏州赶过来奔丧。

进入了新时期，文人陡然变得风光起来，陆文夫更多的是向人展现了自己靓丽的一面，人们很难想到他并不光鲜的另一面。很显然，陆文夫并不喜欢"糖醋现实主义"这种说法，事实上他文章中有着太多的辛辣和苦涩，人们只是没有那个耐心去读。要知道，他本是个愤世嫉俗的人，说到脾气大，说到不随和，"探求者"成员中，他丝毫也不比别人差，当然，吃的苦头也就不比别人少。陆文夫的两个女儿身体都不好，大女儿开过刀，做过很大的手术，小女儿更是很年轻时就撒手人寰，都说这与她们从小被动吸烟有关。

在陆文夫写作的艰难岁月，大部分时间居住环境十分恶劣，都是关在一间烟雾缭绕的小房间苦熬，而且经济条件限制，吸的是最差劲的香烟。这种蹩脚烟老百姓也抽，很少是躲在完全封闭的环境里，百无一用是书生，那年头的文化人哪有什么今天的健康意识。

陆文夫被打成右派后，当过工人，"文革"中又下放了很多年，这本是文化人的宿命，没必要过分抱怨，更没必要心存感谢。一个人并不能因为吃过苦，就一定应该享受甜；落过难，就应该获得荣华富贵。写作并不比别的什么工作更伟大，人生最大的愉快，是想干什么，就能干什么。陆文夫的手很巧，他当工人，曾是一名非常出色的技工，但是更擅长的还是写作，只有写作才能让他真正地如鱼得水。如果说起陆文夫的不幸，也就是在说整个五十年代作家的不幸，整整二十年，给作家一些磨难也没什么，吃点苦也行，然而真不应该无情地剥夺他们的写作权利，不应该扼杀他们的创作生命。

五

我对林斤澜的了解并不多，只知道他和父亲关系很铁，除了"探求者"这批老哥们外，北京的同辈作家中，与父亲私交最好的就是他。为了这个缘故，在刚开始写作的那段日子，父亲曾把我的一个中篇小说习作交给他，让他提提意见，其实是投石问路，看看是否能在《北京文学》上发表，这话自然没好意思明说，老派的人都很讲究面子，有些不该说的话还是藏着为好。林斤澜认认真真地回了一封很长的信，首先是说想不明白，为什么要让他来提意见，说你老叶身边高手如云，往来无白丁，干吗非要绕道北京，让他这么一个并不被文坛看好的人出来说话。

这是我唯一没有拿出去发表的小说，至今也想不明白当年为什么会这样做。或许是穷疯了，居然把压箱底最糟糕的一篇小说拿了出去，毕竟林斤澜和父亲最熟悉，说不定就能在他主编的刊物上发表了。来信中有大量的鼓励，说文字还很不错，也蛮会说故事，就凭这样的小说去做一个现成作家，自然是当仁不让。很多表扬其实就是批评，我始终记得最后的几句话，说写作可以有很多种，然而驾轻车走熟路，未必就有什么太大意思。

多少年来，我一直把这句话牢记在心上，当作座右铭。熟路就是俗路，就是死路，一个写作者必须坚决避免，不能这样不知死活地走下去。很感谢林斤澜没有把那篇小说发出来，他把这篇小说退给了我，没让我感到沮丧，只让我感到羞愧，感到醒悟，让我一下子明白了不少写作的道理。一个人在刚开始写作的起步阶段，肯定会有些晕头转向，肯定会不知轻重，这时候，有一个人恰到好处地对你棒喝一声，真是太幸运了。

不能说五十年代开始写作的那一辈作家，没有文字上的追求，但是要说林斤澜在这方面最用心，最走火入魔，并不为过。据说汪曾祺对林斤澜的文字有过批评，在五十年代说其"纤巧"，后来又说其"佻"，所谓"纤巧"和"佻"，说白了，都是用力有点过的意思。这个也就是父亲说的那个"怪"了，玩文学，矫枉不妨过正，语言这东西，说平淡，说自然，其实都是一种功力，都得修炼。事实上，汪曾祺自己的文章也有同样问题，也是同样的优点缺点。明白了这些，就能明白为什么林斤澜和汪曾祺会走得很近，会惺惺惜惜惺惺，奇文共赏，毕竟他们在艺术趣味上有很多共同追求的东西。

汪曾祺早在四十年代末就开始以写作出名，千万别小看了只早了这么几年，有时候几年就是整整一代人。汪的文字功力一下子远远地高于五十年代的作家群，后面的这茬作家，先是没有意识到，后来明白了，要想追赶上汪曾祺，必须得花很大的气力才行，而这里面最肯玩命，玩得最好的，基本上就是林斤澜了。

林斤澜的小说在八十年代并不是太被看好，他是名家，谈不上大红大紫，如果说因为汪曾祺的走红，带火了林的小说，听上去很不入耳，然而也不能说不是事实。汪曾祺让大家见识了什么叫艺术，推动了一代人小说趣味的行情上涨，也顺带提高了林斤澜的地位。林斤澜的短篇小说写得很棒，是一个始终都有追求的作家，小圈子里不时有人叫好，朋友们提到他都乐意跷大拇指，但是真正获得全国奖，却是迟了又迟晚了又晚。他那一辈的作家都得过了，都得过好几轮了，才最后轮到他。然而获奖并不能完全说明问题，除了汪曾祺，林斤澜是五十年代开始写作的老作家中当然的老大哥，这一方面是由于他的年龄，既是岁数大，又活得长，另一方面也是由于小说成就，他压得住这个阵。出水再看两脚泥，他的作品毕竟比那些当红一时的作品更耐看，很多人都佩服，也不是没有道理。

六

陆文夫当了中国作协的副主席，他自己不当回事，我们这些做晚辈的却喜欢议论，聚在一起常要切磋，研究这相当于什么职务。在一个讲究级别的社会，一说起让人捉摸不透的"相当于"，就难免书呆子气，就难免不着调和离谱。说着玩玩可以，一是一，二是二，千万别拿村长不当干部，千万不要把作协主席和副主席真当领导。

　　毕竟作家是靠作品说话，作品写好了，这就是真的好，就是真正的功德圆满。陆文夫其实是个很有架子的人，内心十分骄傲，一点都不愿意低调，我看到有些文章说他待人接物非常随和，很乐意与普通老百姓打成一片，心里就觉得好笑，夸人不是这么夸的。我们总是习惯于这样来表扬人，父亲生前就是一个最典型的例子，人家总是这么说他，其实文人没有一些脾气，没有自己特立独行的品格，只是充当一个和事佬并不可爱，而且也不真实。"探求者"中的这些作家，眼光一个个都很高，都牛，背后说起话来都挺狠挺损，我可没听他们少攻击过别人，说谁谁谁不会写东西，谁的小说惨不忍睹，这些话是经常挂在嘴边的。

　　很显然，陆文夫根本不会把中国作协的副主席头衔放在眼里，在别人看来就不一样，有的人专门看人脸色，喜欢观察别人对自己的态度。陆文夫并没有什么改变，他天生就有些狂，可是偏偏有人觉得是当了副主席才变了。由于美食家的称号，晚年的陆文夫给人感觉更像是一位不折不扣的名士，出入有高级轿车，交往多达官贵人，早已不是当年的吴下阿蒙，却不知道他即使是最落拓时，也仍然不失为一翩翩公子。高晓声和方之，还有我父亲都属于那种不修边幅的人，就算是成功了，也仍然一副潦倒模样，陆文夫不是这样，用今天时髦的话说，他一直是位帅哥，一直相貌堂堂很有风度。

陆文夫还是江苏省的作协主席，他不止一次跟我谈过，不想兼这个可有可无的差事。当初还没有高速公路，铁轨上也没有飞驰的动车，他远在苏州，有时候为了一点屁大的事，得火烧火燎地赶到南京。人情世故匪夷所思，很多时候就是这样，不想干反而会让你干，想干又未免干得了。好在当不当都是做做样子，为了请他出山，当时负责分管文化的省委副书记孙家正赶到苏州，亲自做他的思想工作。这样隆重的礼遇让陆文夫觉得很有面子，同时也让他找到了自己还是应该出来当这个主席的借口。后来孙去北京当了文化部部长，陆文夫年纪也渐渐大了，不打算让他再干下去，新的分管领导约他到南京谈话，短短的几分钟，便从本来就是挂名的主席，变成了更加是挂名的名誉主席。

这个变动让陆文夫感到不太痛快，他不在乎那个主席，更不在乎名誉主席，在乎的只是一个礼数。不同的官员会有不同的领导风格，对文人的态度从来就不一样，赵匡胤杯酒释兵权，陆文夫没什么实权，只有一些虚名，他觉得有些话如果在酒席上提出来，或许会更合适一些。

七

　　我与林斤澜有过三次同游的经历，每一次都很有意思。第一次是在江苏境内，先在南京，然后去扬州、镇江、常州，再返回南京。这一次因为还有汪曾祺，汪是才子型的文人，到什么地方都会有热情的粉丝求题字，因此林虽然是陪同，却常常是躲在后面看热闹，一边与我说悄悄话，一边乐呵呵地笑，我们都很羡慕汪能写一手好字。

　　第二次是长途旅行，仿佛红军二万五千里长征，在地图上南来北往东奔西蹿。从江苏的无锡出发，转南京，去山东，去安徽，去江西，去福建，去浙江，去上海。华东六省一市偌大的一个区域，该玩的地方都点了卯，是名胜都去报到，拜访了曲阜，登梁山黄山武夷山和当时尚未完全开放的龙虎山，游徽州皖南民居，逛景德镇看瓷器瓷窑，还有太湖千岛湖富春江西湖，总之一句话，玩的地方太多了，根本就数不过来。老夫聊发少年狂，我这个年龄的作家都时常喊吃不消，他却无大妨碍，兴致勃勃率领老妻，一路喜气洋洋。

　　第三次就是在贵州，这一次，我干脆是与林斤澜同住一个房间，当时还很少让作家住单间，即使老同志也不能例外。我们朝夕相处，老少相知有素，天南海北说了很多。难得的是林斤澜始终有一份年轻人的好心情，能吃能睡更能玩，更能说笑话。与他在一起，你永远也不会觉得无聊。他喜欢谈论过去，褒贬身边的朋友，尤其喜欢对我倚老卖老，说他当年跟在那些老作家后面，像对待老舍什么的，那就是老老实实，小心翼翼地在一旁看着听着，就像我现在对待父辈作家一样。

又说有一次陪沙汀去看李劼人，李提出来要弄几个好菜招待，沙汀一口拒绝了，坚决不答应。这事让林斤澜一想到就连声大喊可惜。李劼人是老一辈作家中赫赫有名的饕餮之徒，他一出招，亮两手绝活，后来的美食家汪曾祺和陆文夫，都得乖乖地服输靠边站。林斤澜说自己当时那个动心，那个懊恼，这不只是一个解馋的小问题，关键是可以大开眼界，领略大师的美食风范。这么好一个机会，活生生失之交臂，焉能不着急，岂能不跺脚。

林斤澜也喜欢玩点收藏，不收藏珍版书，不收藏名人字画，藏书也不算太多，可是他收罗了大量的酒瓶。跟他在外面一起周游，看到有点奇怪的酒瓶，他的眼睛便会像顽童一样放光。我已经记不清是在什么地方，反正是去参观一家工厂，专门为各种名酒做酒瓶，五花八门琳琅满目，林斤澜看了，从头到尾都是感慨，我们就不停地问他想要哪一个，他东张西望，一个劲地喊：

"好确实是好，可太多了，不好带呀！"

八

鲁彦周先生安排一批老友去安徽游玩，给我这晚辈打了个电话，让我陪陆文夫去，说是一路可以有个照顾，可是陆突然感到身体不适，临时变卦不能去了，我又不愿意独自成行，结果便把储福金拉了去。这其实又是一次小规模的右派分子聚会，自然还是热闹，动静很大，有王蒙，有邓友梅，有张贤亮和邵燕祥，还有东道主鲁彦周，都是老右派。在一个风景如画的景点，鲁彦周很遗憾地对我说，考虑到兄弟们年龄都大了，此次出行专门请了医生护驾，可是没想到就算如此高规格的安排，老陆还是不能来，真是太可惜。又说老陆真要是来的话，能玩则玩，随时又可以走，这多好，老朋友能聚一聚不容易。言辞很悲切，他提及当年曾想约我父亲到安徽看看，总以为时间很多很容易，没想到说耽误就耽误了。

陆文夫与鲁彦周同岁，比他早走了一年。在陆文夫追思会上，江苏一位老作家用"备极哀荣"四个字来形容，这个说法很值得让人玩味。从世俗的角度来看，二十世五十年代开始写作的这批老作家，很多人虽然被打成右派，历经了种种运动之苦，只要能写出一些货真价实的东西，后来都能名利双收，晚年总体上还是比较幸福。国家给的待遇也不算太低，方之走得最早，沾光最少，仍然分到了一套在当时还说得过去的房子，高晓声是三套，陆文夫只有一套，但是就其面积和规格，已足以让人羡慕。

父辈作家最大幸运是熬到了"四人帮"被粉碎，有一个新时期的大舞台供他们大显身手。否极而泰来，重塑文学辉煌的重任，既幸运又当仁不让地落在了他们身上。没有他们，就谈不上什么新时期的文学繁荣，而我们后来的这些作家，其实都是踩在父辈肩膀上，才冒冒失失开始文学创作的。必须以一种感恩的心态对待他们，然而要重新评价前辈，却不可回避地会遭遇到两个问题。首先，如果最初的青春岁月不被耽误，不被摧残，不是鲜花重放，而是一直尽兴地怒放，他们的文学成就会达到一个什么样的高度。其次，当耽误和摧残这些词语不复存在，待遇被普遍提高，地位得到明显上升，作家的镣铐被打开以后，前辈的实际成就又究竟如何。认真地研究这些，对当代文坛的创作无疑会有好处。

晚年的陆文夫时常会跟我通电话，基本上都在谈他的身体状况，或是由身体引起一些话题，服用了什么药，效果如何。试用了某种进口药后，他非常热心地推荐给我伯父服用，因为伯父也是肺气肿。这时候，他对文坛已没多少兴趣，更多的是反过来关心小辈的健康，提醒我不要不顾一切，犯不着为写作玩命。烟早就不抽了，酒也不能喝了，他成了一个不折不扣的长者，一位非常慈祥的老人。

江南的冬天非常难熬，因为没有暖气，数九严寒北风怒吼，在室内待着很难忍受。陆文夫的肺不太好，呼吸困难，有一次他向我抱怨，说空调里散发出来的热风，让他觉得很不舒服。我不知道如何安慰他，只能埋怨气候不好，我们正好处在不南不北的位置上，纯粹北方就好了，房间里有热水汀，地道的南方也行，干脆气温高一些。江苏的气候要么把人热死，要么就让人冻得吃不消。此后不久去上海参加新概念作文大赛评奖，快经过苏州的时候，我想到了卧病在床的陆文夫，想到了空调散发的让他不爽的暖风，突然决定中途下车，直奔苏州的电器店，买了一个取暖油汀，然后送到陆文夫家。他感到很吃惊，没想到我会出现，更没想到我会给他送这玩意。我也觉得很有意思，怎么就会灵机一动，为什么不能早点想到呢，取暖油汀使用起来，显然要比空调舒服。

这是我与陆文夫的最后一次见面。早就知道他身体不好，早知道不可能恢复，早知道会有那么一天，就跟自己的父亲当年过世时一样，明知道事已不可避免，明知道那消息就要到来，可是从感情上来说，还是不太愿意接受。

二〇〇九年十月十六日　河西

名家散文

鲁迅：直面惨淡的人生

胡适：天下没有白费的努力

许地山：爱我于离别之后

叶圣陶：藕与莼菜

茅盾：斗争的生活使你干练

郁达夫：夜行者的哀歌

徐志摩：我有的只是爱

庐隐：我追寻完整的生命

丰子恺：我情愿做老儿童

朱自清：热闹是它们的，我什么也没有

老舍：有朋友的地方就是好地方

冰心：繁星闪烁着

废名：想象的雨不湿人

沈从文：每一只船总要有个码头

梁实秋：烟火百味过生活

林徽因：你是人间的四月天

巴金：灯光是不会灭的

戴望舒：我的心神是在更远的地方

梁遇春：吻着人生的火

张中行：临渊而不羡鱼

萧红：我的血液里没有屈服

季羡林：微苦中实有甜美在

何其芳：紧握着每一个新鲜的早晨

孙犁：人生最好萍水相逢

琦君：粽子里的乡愁

苏青：我茫然剩留在寂寞大地上

林海音：唯有寂寞才自由

汪曾祺：如云如水，水流云在

陆文夫：吃也是一种艺术

宗璞：云在青天

余光中：前尘隔海，古屋不再

王蒙：生活万岁，青春万岁

张晓风：年年岁岁岁岁年年

冯骥才：生活就是创造每一天

肖复兴：聪明是一张漂亮的糖纸

梁晓声：过小百姓的生活

赵丽宏：闪烁在旷野里的微光

王旭烽：等花落下来

叶兆言：万事翻覆如浮云

鲍尔吉·原野：为世上的美准备足够的眼泪